轻阅读书系

宋元戏曲史·人间词话

王国维 著

北方联合出版传媒(集团)股份有限公司
万卷出版公司

图书在版编目（CIP）数据

宋元戏曲史·人间词话 / 王国维著. -- 沈阳：万卷出版公司，2015.6（2023.5 重印）
（轻阅读）
ISBN 978-7-5470-3601-3

Ⅰ.①宋… Ⅱ.①王… Ⅲ.①古代戏曲－戏曲史－中国－宋元时期②词（文学）－诗词研究－中国－古代
Ⅳ.① J809.244 ② I207.23

中国版本图书馆 CIP 数据核字 (2015) 第 068736 号

出 品 人：王维良
出版发行：北方联合出版传媒（集团）股份有限公司
万卷出版公司
（地址：沈阳市和平区十一纬路 29 号　邮编：110003）
印 刷 者：三河市双升印务有限公司
经 销 者：全国新华书店
幅面尺寸：150mm×215mm
字　　数：110 千字
印　　张：10.5
出版时间：2015 年 6 月第 1 版
印刷时间：2023 年 5 月第 2 次印刷
责任编辑：胡　利
责任校对：张　莹
封面设计：王晓芳
内文制作：王晓芳
ISBN 978-7-5470-3601-3
定　　价：49.00 元
联系电话：024-23284090
传　　真：024-23284448

序言

年少读书，老师总以“生而有涯，学而无涯”相勉励，意思是知识无限而人生有限，我们少年郎更得珍惜时光好好学习。后来读书多了，才知庄子的箴言还有后半句：“以有涯随无涯，殆已！”顿感一代宗师的见识毕竟非一般学究夫子可比。

一代美学家、教育家朱光潜老先生也曾说：“书是读不尽的，就读尽也是无用。”理由是“多读一本没有价值的书，便丧失可读一本有价值的书的时间和精力”，可见“英雄所见略同”。

当代人的生活节奏越来越快，很多人感慨抽出时间来读书俨然成为一种奢侈。既然我们能够用来读书的时间越来越宝贵，而且实际上也并非每本书都值得一读，那么如何从浩瀚的书海中挑出真正适合自己的好书，就成为一项重要且必不可少的工作。于是，我们编纂了这套“轻阅读”书系，希望以一愚之得为广大书友们做一些粗浅的筛选工作。

本辑“轻阅读”主要甄选的是民国诸位大师、文豪的著作，兼选了部分同一时期“西学东渐”引入国内的外国名著。我们之所以选择这个时期的作品作为我们这套书系的第一辑，原因几乎是不言而喻的——这个时期是中国学术史上一个大时代，只有春秋战国等少数几个时代可以与之媲美，而且这个时代创造或引进的思想、文化、学术、文学至今对当代人还有着深远的影响。

当然，己所欲者，强施于人也是不好的，我们无意去做一个惹人生厌的、给人“填鸭”的酸腐夫子。虽然我们相信，这里面的每一本书都能撼动您的心灵，启发您的思想，但我们更信任读者您的自主判断，这么一大套书系大可不必读尽。若是功力不够，勉强读尽只怕也难以调和、消化。崇敬慷慨激昂的闻一多的读者未必也欣赏郁达夫的颓废浪漫；听完《猛回头》《警世钟》等铿锵澎湃的革命号角，再来朗读《翡冷翠的一夜》等“吴侬软语”也不是一个味儿。

读书是一件惬意的事，强制约束大不如随心所欲。偷得浮生半日闲，泡一杯清茶，拉一把藤椅，在家中阳光最充足的所在静静地读一本好书，聆听过往大师们穿越时空的凌云舒语，岂不快哉？

周志云

目录

宋元戏曲史 /1

宋元戏曲史

自序

凡一代有一代之文学：楚之骚，汉之赋，六代之骈语，唐之诗，宋之词，元之曲，皆所谓一代之文学，而后世莫能继焉者也。独元人之曲，为时既近，托体稍卑，故两朝史志与《四库》集部，均不著于录；后世儒硕，皆鄙弃不复道。而为此学者，大率不学之徒；即有一二学子，以馀力及此，亦未有能观其会通，窥其奥窔者。遂使一代文献，郁堙沈晦者且数百年，愚甚惑焉。

往者读元人杂剧而善之，以为能道人情，状物态，词采俊拔，而出乎自然，盖古所未有，而后人所不能仿佛也。辄思究其渊源，明其变化之迹，以为非求诸唐、宋、金、辽之文学，弗能得也；乃成《曲录》六卷，《戏曲考原》一卷，《宋大曲考》一卷，《优语录》二卷，《古剧脚色考》一卷，《曲调源流表》一卷。

从事既久，续有所得，颇觉昔人之说，与自己之书，罅漏日多，而手所疏记，与心所领会者，亦日有增益。壬子岁莫，旅居多暇，乃以三月之力，写为此书。凡诸材料，皆余所搜集；其所说明，亦大抵余之所创获也。世之为此学者自余始，其所贡于此学者，亦以此书为多，非吾辈才力过于古人，实以古人未尝为此学故也。写定有日，辄记其缘起，其有匡正补益，则俟诸异日云。海宁王国维序。

第一章　上古至五代之戏剧

歌舞之兴，其始于古之巫乎？巫之兴也，盖在上古之世。《楚语》："古者民神不杂，民之精爽不携贰者，而又能齐肃衷正。（中略）如此，则明神降之。在男曰觋，在女曰巫。（中略）及少皞之衰，九黎乱德，民神杂糅，不可方物。夫人作享，家为巫史。"然则巫觋之兴，在少皞之前，盖此事与文化俱古矣。巫之事神，必用歌舞，《说文解字》（五）："巫，祝也。女能事无形以舞降神者也。象人两褎舞形，与工同意。"故《商书》言："恒舞于宫，酣歌于室，时谓巫风。"《汉书·地理志》言："陈太姬妇人尊贵，好祭祀，用史巫，故其俗巫鬼。"《陈诗》曰："坎其击鼓，宛邱之下，无冬无夏，治其鹭羽。"又曰："东门之枌，宛邱之栩，子仲之子，婆娑其下。"此其风也。郑氏《诗谱》亦云："是古代之巫，实以歌舞为职，以乐神人者也。"商人好鬼，故伊尹独有巫风之戒。及周公制礼，礼秩百神，而定其祀典。官有常职，礼有常数，乐有常节，古之巫风稍杀。然其馀习，犹有存者：方相氏之驱疫也，大蜡之索万物也，皆是物也。故子贡观于蜡，而曰一国之人皆若狂，孔子告以张而不弛，文武不能。后人以八蜡为三代之戏礼（《东坡志林》），非过言也。

周礼既废，巫风大兴；楚越之间，其风尤盛。王逸《楚辞章句》谓："楚国南部之邑，沅湘之间，其俗信鬼而好祠，其祠必作歌乐鼓舞，以乐诸神。屈原见俗人祭祀之礼，歌舞之乐，其词鄙俚，因为作《九歌》之曲。"古之所谓巫，楚人谓之曰灵。《东皇太一》曰："灵偃蹇兮姣服，芳菲菲兮满堂。"《云中君》曰："灵连蜷兮既留，烂昭昭兮未央。"此二者，王逸皆训为巫，而他灵字则训为神。案《说文》(一)："灵，巫也。"古虽言巫而不言灵，观于屈巫之字子灵，则楚人谓巫为灵，不自战国始矣。

古之祭也必有尸。宗庙之尸，以子弟为之。至天地百神之祀，用尸与否，虽不可考，然《晋语》载"晋祀夏郊，以董伯为尸"，则非宗庙之祀，固亦用之。《楚辞》之灵，殆以巫而兼尸之用者也。其词谓巫曰灵，谓神亦曰灵，盖群巫之中，必有象神之衣服形貌动作者，而视为神之所冯依：故谓之曰灵，或谓之灵保。《东君》曰："思灵保兮贤姱。"王逸《章句》训灵为神，训保为安。余疑《楚辞》之灵保，与《诗》之神保，皆尸之异名。《诗·楚茨》云："神保是飨。"又云："神保是格。"又云："鼓钟送尸，神保聿归。"《毛传》云："保，安也。"《郑笺》亦云："神安而飨其祭祀。"又云："神安归者，归于天也。"然如毛、郑之说，则谓神安是飨，神安是格，神安聿归者，于辞为不文。《楚茨》一诗，郑、孔二君皆以为述绎祭宾尸之事，其礼亦与古礼《有司彻》一篇相合，则所谓神保，殆谓尸也。其曰"鼓钟送尸，神保聿归"，盖参互言之，以避复耳。知《诗》之神保为尸，则《楚辞》之灵保可知矣。至于浴兰沐芳，华衣若英，衣服之丽也；缓节安歌，竽瑟浩倡，歌舞之盛也；乘风载云之词，生别新知之语，荒淫之意也。是则灵之为职，或偃蹇以象神，或婆娑以乐神，盖后世戏剧之萌芽，已有存焉者矣。

巫觋之兴，虽在上皇之世，然俳优则远在其后。《列女传》云："夏桀既弃礼义，求倡优侏儒狎徒，为奇伟之戏。"此汉人所纪，或不足信。其可信者，则晋之优施，楚之优孟，皆在春秋之世。案《说文》(八)："优，饶也；一曰倡也，又曰倡乐也。"古代之优，本以乐为职，故优施假歌舞以说里克。《史记》称优孟，亦云楚之乐人。又优之为言戏也，《左传》："宋华弱与乐辔少相狎，长相优。"杜注："优，调戏也。"故优人之言，无不以调戏为主。优施鸟乌之歌，优孟爱马之对，皆以微词托意，甚有谑而为虐者。《穀梁传》："颊谷之会，齐人使优施舞于鲁君之幕下。孔子曰："笑君者罪当死，使司马行法焉。"厥后秦之优旃，汉之幸倡郭舍人，其言无不以调戏为事。要之巫与优之别：巫以乐神，而优以乐人；巫以歌舞为主，而优以调谑为主；巫以女为之，而优以男为之。至若优孟之为孙叔敖衣冠，而楚王欲以为相；优施一舞，而孔子谓其笑君；则于言语之外，其调戏亦以动作行之，与后世之优，颇复相类。后世戏剧，当自巫、优二者出；而此二者，固未可以后世戏剧视之也。

附考：古之优人，其始皆以侏儒为之，《乐记》称优侏儒。颊谷之会，孔子所诛者，《谷梁传》谓之优，

> 而《孔子家语》、何休《公羊解诂》，均谓之侏儒。《史记·李斯列传》：“侏儒倡优之好，不列于前。”《滑稽列传》：“优旃者，秦倡侏儒也。”故其自言曰：“我虽短也，幸休居。”此实以侏儒为优之一确证也。《晋语》“侏儒扶卢，”韦昭注：“扶，缘也；卢，矛戟之柲，缘之以为戏。”此即汉寻橦之戏所由起。而优人于歌舞调戏外，且兼以竞技为事矣。

汉之俳优，亦用以乐人，而非以乐神。《盐铁论·散不足》篇虽云：“富者祈名岳，望山川，椎牛击鼓，戏倡舞像”；然《汉书·礼乐志》载：郊祭乐人员，初无优人，惟朝贺置酒陈前殿房中，有常从倡三十人，常从象人（孟康曰：“象人，若今戏鱼虾狮子者也。”韦昭曰：“着假面者也。”）四人，诏随常从倡十六人，秦倡员二十九人，秦倡象人员三人，诏随秦倡一人，此外尚有黄门倡。此种倡人，以郭舍人例之，亦当以歌舞调谑为事。以倡而兼象人，则又兼以竞技为事，盖自汉初已有之，《贾子新书·匈奴篇》篇所陈者是也。至武帝元封三年，而角抵戏始兴。《史记·大宛传》：“安息以黎轩善眩人献于汉。是时上方巡狩海上，乃悉从外国客，大觳抵，出奇戏诸怪物，及加其眩者之工。而觳抵奇戏岁增变甚盛，益兴，自此始。”按角抵者，应劭曰：“角者，角技也，抵者，相抵触也。”文颖曰：“名此乐为角抵者，两两相当，角力角技艺射御，故名角抵，盖杂技乐也。”是角抵以角技为义，故所包颇广，后世所谓百戏者是也。角抵之地，汉时在平乐观。观张衡《西京赋》所赋平乐事，殆兼诸技而有之。“乌获扛鼎，都卢寻橦，冲狭燕濯，胸突铦锋，跳丸剑之挥霍，走索上而相逢。”则角力角技之本事也。“巨兽之为曼延，舍利之化仙车，吞刀吐火，云雾杳冥”，所谓加眩者之工而增变者也。“总会仙倡，戏豹舞罴，白虎鼓瑟，苍龙吹篪”，则假面之戏也。“女娲坐而长歌，声清畅而委蛇，洪厓立而指挥，被毛羽之襳襹，度曲未终，云起雪飞”，则歌舞之人，又作古人之形象矣。“东海黄公，赤刀粤祝，冀厌白虎，卒不能救”，则且敷衍故事矣。至李尤《平乐观赋》（《艺文类聚》六十三）亦云：“有仙驾雀，其形蚴虬，骑驴驰射，狐兔惊走，侏儒巨人，戏谑为偶，”则明明有俳优在其间矣。及元帝初元五年，始罢角抵，然其支流之流传于后世者尚多，故张衡、李尤在后汉时，犹得取而赋之也。

至魏明帝时，复修汉平乐故事。《魏略》（《魏志·明帝纪》裴注所引）：“帝引谷水过九龙殿前，水转百戏。岁首，建巨兽，鱼龙曼延，弄马倒骑，备如汉西京之制。”故魏时优人，乃复著闻。《魏志·齐王纪》注引《世语》及《魏氏春秋》云：“司马文王镇许昌，征还击姜维，至京师，帝于平乐观，以临军过中领军许允，与左右小臣谋，因文王辞，杀之，勒其众以退大将军，已书诏于前。文王入，帝方食栗，优人云午等唱曰：‘青头鸡，青头鸡。’青头鸡者，鸭也（谓押诏书），帝惧，不敢发。”又《魏书》（裴注引）载：司马师等《废帝奏》亦云：“使小优郭怀、袁信，于广望观下作辽东妖妇，嬉亵过度，道路行人掩目。”太后废帝令亦云：“日延倡优，恣其丑谑。”则此时倡优，亦以歌舞戏谑为事；其作辽东妖妇，或演故事，盖犹汉世角抵之余风也。

晋时优戏，殊无可考。惟《赵书》（《太平御览》卷五百六十九引）云：“石勒参军周延为馆陶令，断官绢数万匹，下狱，以八议宥之。后每大会，使俳优着介帻，黄绢单衣。优问：'汝何官，在我辈中？' 曰：'我本为馆陶令。' 斗数单衣，曰：'正坐取是，入汝辈中。' 以为笑。" 唐段安节《乐府杂录》，亦载此事云："参军始自后汉馆陶令石耽。" 然后汉之世，尚无参军之官，则《赵书》之说殆是。此事虽非演故事而演时事，又专以调谑为主，然唐宋以后，脚色中有名之参军，实出于此。自此以后以迄南朝，亦有俗乐。梁时设乐，有曲、有舞、有技；然六朝之季，恩幸虽盛，而俳优罕闻，盖视魏晋之优，殆未有以大异也。

由是观之，则古之俳优，但以歌舞及戏谑为事。自汉以后，则间演故事；而合歌舞以演一事者，实始于北齐。顾其事至简，与其谓之戏，不若谓之舞之为当也。然后世戏剧之源，实自此始。《旧唐书·音乐志》云："代面出于北齐。北齐兰陵王长恭，才武而面美，常着假面以对敌。尝击周师金墉城下，勇冠三军，齐人壮之，为此舞以效其指挥击刺之容，谓之《兰陵王入阵曲》。"《乐府杂录》与崔令钦《教坊记》所载略同。又《教坊记》云："《踏摇娘》：北齐有人姓苏，鼩鼻，实不仕，而自号为郎中。嗜饮酗酒，每醉，辄殴其妻。妻衔悲诉于邻里。时人弄之：丈夫着妇人衣，徐步入场，行歌。每一叠，旁人齐声和之云：'踏摇和来，踏摇娘苦和来。' 以其且步且歌，故谓之踏摇；以其称冤，故言苦。及其夫至，则作殴斗之状，以为笑乐。" 此事《旧唐书·音乐志》及《乐府杂录》亦纪之。但一以苏为隋末河内人，一以为后周士人。齐、周、隋相距，历年无几，而《教坊记》所纪独详，以为齐人，或当不谬。此二者皆有歌有舞，以演一事；而前此虽有歌舞，未用之以演故事，虽演故事，未尝合以歌舞，不可谓非优戏之创例也。盖魏、齐、周三朝，皆以外族入主中国，其与西域诸国，交通频繁，龟兹、天竺、康国、安国等乐，皆于此时入中国；而龟兹乐则自隋唐以来，相承用之，以迄于今。此时外国戏剧，当与之俱入中国。如《旧唐书·音乐志》所载《拨头》一戏，其最著之例也。案《兰陵王》、《踏摇娘》二舞，《旧志》列之歌舞戏中，其间尚有《拨头》一戏。《志》云：“《拨头》者，出西域。胡人为猛兽所噬，其子求兽杀之，为此舞以象之也。”《乐府杂录》谓之“钵头”，此语之为外国语之译音，固不待言；且于国名、地名、人名三者中，必居其一焉。其入中国，不审在何时。按《北史·西域传》有拔豆国，去代五万一千里，（按五万一千里，必有误字，《北史·西域传》诸国，虽大秦之远，亦仅去代三万九千四百里，拔豆上之南天竺国去代三万一千五百里，叠伏罗国去代三万一千里，此五万一千里，疑亦三万一千里之误也），隋唐二《志》，即无此国，盖于后魏之初，一通中国，后或亡或隔绝，已不可知。如使“拨头”与“拔豆”为同音异译，而此戏出于拔豆国，或由龟兹等国而入中国，则其时自不应在隋唐以后，或北齐时已有此戏；而《兰陵王》《踏摇娘》等戏，皆模仿而为之者欤。

此种歌舞戏，当时尚未盛行，实不过为百戏之一种。盖汉魏以来之角抵奇戏，尚行于南北朝，而北朝尤盛。《魏书·乐志》言：“太宗增修百戏，撰合大曲。”《隋书·音乐志》亦云：“齐武平中，有鱼龙烂漫，俳优侏儒，（中略）奇怪异端，百有余物，名为百戏。周明帝武成间，朔旦会群臣，亦用百戏。及宣帝时，征齐散乐人并会京师为之。至隋炀帝大业二年，突厥染干来朝，炀帝欲夸之，总追四方散乐，大集东都。自是每岁正月，万国来朝，留至十五日，于端门外建国门内，绵亘八里，列为戏场。百官起棚夹路，从昏至旦，以纵观，至晦而罢。伎人皆衣绵绣缯彩，其歌舞者多为妇人服，鸣环珮，饰以花毦者，殆三万人。”故柳彧上书谓：“鸣鼓聒天，燎炬照地，人戴兽面，男为女服，倡优杂技，诡状异形。”（《隋书·柳彧传》）薛道衡《和许给事善心戏场转韵诗》（《初学记》卷十五）所咏亦略同。虽侈靡跨于汉代，然视张衡之赋西京，李尤之赋平乐观，其言固未有大异也。

至唐而所谓歌舞戏者，始多概见。有本于前代者，有出新撰者，今备举之。

一、《代面》《大面》

《旧唐书·音乐志》一则（见前）

《乐府杂录》鼓架部条：“有代面，始自北齐神武弟，有胆勇，善战斗，以其颜貌无威，每入阵，即著面具，后乃百战百胜。戏者衣紫、腰金、执鞭也。”

《教坊记》：“大面出北齐兰陵王长恭，性胆勇，而貌妇人，自嫌不足以威敌，乃刻为假面，临阵著之，因为此戏，亦入歌曲。”

二、《拨头》《钵头》

《旧唐书·音乐志》一则（见前）

《乐府杂录》鼓架部条："钵头：昔有人父为虎所伤，遂上山寻其父尸。山有八折，故曲八叠。戏者被发素衣，面作啼，盖遭丧之状也。"

三、《踏摇娘》《苏中郎》《苏郎中》

《旧书·音乐志》："踏摇娘生于隋末河内。河内有人，貌恶而嗜酒，常自号郎中，醉归，必殴其妻。其妻美色善歌，为怨苦之辞。河朔演其声而被之弦管，因写其夫之容。妻悲诉，每摇顿其身，故号'踏摇娘'。近代优人改其制度，非旧旨也。"

《乐府杂录》鼓架部条："苏中郎：后周士人苏葩，嗜酒落魄，自号中郎，每有歌场，辄入独舞。今为戏者，著绯、带帽，面正赤，盖状其醉也。即有踏摇娘。"

《教坊记》一则（见前）

四、参军戏

《乐府杂录》俳优条："开元中，黄幡绰、张野狐弄参军。始自汉馆陶令石耽。耽有赃犯，和帝惜其才，免罪；每宴乐，即令衣白夹衫，命俳优弄辱之，经年乃放。后为参军，误也。开元中，有李仙鹤善此戏，明皇特授韶州同正参军，以食其禄；是以陆鸿渐撰词，言韶州参军，盖由此也。”赵璘《因话录》（卷一）：“肃宗宴于宫中，女优有弄假官戏，其绿衣秉简者，谓之参军桩。”

范摅《云溪友议》（卷九）：元稹廉问浙东，“有俳优周季南、季崇，及妻刘采春，自淮甸而来，善弄《陆参军》，歌声彻云。”

（附）《五代史·吴世家》：“徐氏之专政也，杨隆演幼懦，不能自持；而知训尤凌侮之。尝饮酒楼上，命优人高贵卿侍酒，知训为参军，隆演鹑衣髽髻为苍鹘。”

（附）姚宽《西溪丛语》（下）引《吴史》：“徐知训怙威骄淫，调谑王，无敬长之心。尝登楼狎戏，荷衣木简，自称参军，令王髽髻鹑衣，为苍头以从。”

五、《樊哙排君难》戏《樊哙排闼》剧

《唐会要》（卷三十三）：“光化四年正月，宴于保宁殿，上制曲，名曰《赞成功》。时盐州雄毅军使孙德昭等，杀刘季述反正，帝乃制曲以褒之，仍作《樊哙排君难》戏以乐焉。”

宋敏求《长安志》（卷六）：“昭宗宴李继昭等将于保宁殿，亲制《赞成功》曲以褒之，仍命伶官作《樊哙排君难》戏以乐之。”

陈旸《乐书》（卷一百八十六）：“昭宗光化中，孙德昭之徒刃刘季述，始作《樊哙排闼》剧。”

此五剧中，其出于后赵者一（参军），出于北齐或周隋者二，（《大面》、《踏摇娘》），出于西域者一（《拨头》），惟《樊哙排君难》戏乃唐代所自制，且其布置甚简，而动作有节，固与《破阵乐》、《庆善乐》诸舞，相去不远。其所异者，在演故事一事耳。顾唐代歌舞戏之发达，虽止于此，而滑稽戏则殊进步。此种戏剧，优人恒随时地而自由为之；虽不必有故事，而恒托为故事之形；惟不容合以歌舞，故与前者稍异耳。其见于载籍者，兹复汇举之，其可资比较之助者，颇不少也。

《资治通鉴》（卷二百十二）："侍中宋璟，疾负罪而妄诉不已者，悉付御史台治之，谓中丞李谨度曰：'服不更诉者，出之，尚诉未已者，且系。'由是人多怨者。会天旱，优人作魃状，戏于上前。问：'魃何为出？'对曰：'奉相公处分。'又问：'何故？'对曰：'负罪者三百余人，相公悉以系狱抑之，故魃不得不出。'上心以为然。"

《旧唐书·文宗纪》："太和六年二月己丑寒食节，上宴群臣于麟德殿。是日，杂戏人弄孔子。帝曰：'孔子古今之师，安得侮黩。'亟命驱出。"

高彦休《唐阙史》（卷下）："咸通中，优人李可及者，滑稽谐戏，独出辈流。虽不能托讽匡正，然智巧敏捷，亦不可多得。尝因延庆节缁黄讲论毕，次及倡优为戏，可及乃儒服险巾，褒衣博带，摄齐以升讲座，自称'三教论衡'。其隅坐者问曰：'即言博通三教，释迦如来是何人？’对曰：‘是妇人。’问者惊曰：‘何也？’对曰：‘《金刚经》云：敷座而坐。或非妇人，何烦夫坐，然后儿坐也。’上为之启齿。又问曰：‘太上老君何人也？’对曰：‘亦妇人也。’问者益所不喻。乃曰：‘《道德经》云：吾有大患，是吾有身，及吾无身，吾复何患。倘非妇人，何患乎有娠乎？’上大悦。又问：‘文宣王何人也？’对曰：‘妇人也。’问者曰：“何以知之？’对曰：‘《论语》云：沽之哉！沽之哉！吾待贾者也。向非妇人，待嫁奚为？’上意极欢，宠锡甚厚。翌日，授环卫之员外职。”

唐无名氏《玉泉子真录》(《说郛》卷四十六)：“崔公铉之在淮南，尝俾乐工集其家僮，教以诸戏。一日，其乐工告以成就，且请试焉。铉命阅于堂下，与妻李坐观之。僮以李氏妒忌，即以数僮衣妇人衣，曰妻曰妾，列于旁侧。一僮则执简束带，旋辟唯诺其间。张乐，命酒，不能无属意者，李氏未之悟也。久之，戏愈甚，悉类李氏平昔所尝为。李氏虽少悟，以其戏偶合，私谓不敢而然，且观之。僮志在发悟，愈益戏之。李果怒，骂之曰：‘奴敢无礼，吾何尝如此。’僮指之，且出，曰：‘咄咄！赤眼而作白眼，讳乎？’铉大笑，几至绝倒。”

孙光宪《北梦琐言》(卷六)：“光化中，朱朴自《毛诗》博士登庸，恃其口辩，可以立致太平。由藩邸引导，闻于昭宗，遂有此拜。对扬之日，面陈时事数条，每言‘臣为陛下致之。’洎操大柄，无以施展，自是恩泽日衰，中外腾沸。内宴日，俳优穆刀陵作念经行者，至御前曰：'若是朱相，即是非相。'翌日出官。"

附五代

《北梦琐言》（卷十四）："刘仁恭之军，为汴帅败于内黄。尔后汴帅攻燕，亦败于唐河。他日命使聘汴，汴帅开宴，俳优戏医病人以讥之。且问：'病状内黄，以何药可瘥？'其聘使谓汴帅曰：'内黄，可以唐河水浸之，必愈。'宾主大笑。"

钱易《南部新书》（卷癸）："王延彬独据建州，称伪号，一旦大设，为伶官作戏辞云：'只闻有泗州和尚，不见有五县天子。'"

郑文宝《江南馀载》（卷上）："徐知训在宣州，聚敛苛暴，百姓苦之。入觐侍宴，伶人戏作绿衣大面若鬼神者。旁一人问：'谁？'对曰：'我宣州土地神也，吾主人入觐，和地皮掘来，故得至此。'"

又（卷上）："张崇帅庐州，人苦其不法。因其入觐，相谓曰：'渠伊必不来矣。'崇闻之，计口征渠伊钱。明年又入觐，人不敢交语，唯道路相目，捋须为庆而已。崇归，又征捋须钱。其在建康，伶人戏为死而获谴者曰：'焦湖百里，一任作獭。'"

观上文之所汇集，知此各滑稽戏，始于开元，而盛于晚唐。以此与歌舞戏相比较，则一以歌舞为主，一以言语为主；一则演故事，一则讽时事；一为应节之舞蹈，一为随意之动作；一可永久演之，一则除一时一地外，不容施于他处：此其相异者也。而此二者之关纽，实在参军一戏。参军之戏，本演石耽或周延故事。又《云溪友议》谓“周季南等弄《陆参军》，歌声彻云”，则似为歌舞剧。然至唐中叶以后，所谓参军者，不必演石耽或周延。凡一切假官，皆谓之参军。《因话录》所谓“女优弄假官戏，其绿衣秉简者，谓之参军桩”是也。由是参军一色，遂为脚色之主。其与之相对者，谓之苍鹘。李义山《骄儿诗》：“忽复学参军，按声唤苍鹘。”《五代史·吴世家》所纪，足以证之。上所载滑稽剧中，无在不可见此二色之对立。如李可及之儒服险巾，褒衣博带；崔铉家童之执简束带，旋辟唯诺；南唐伶人之绿衣大面，作宣州土地神，皆所谓参军者为之，而与之对待者，则为苍鹘。此说观下章所载宋代戏剧，自可了然，此非想象之说也。要之：唐、五代戏剧，或以歌舞为主，而失其自由；或演一事，而不能被以歌舞。其视南宋、金、元之戏剧，尚未可同日而语也。

第二章　宋之滑稽戏

今日流传之古剧，其最古者出于金、元之间。观其结构，实综合前此所有之滑稽戏及杂戏、小说为之。又宋、元之际，始有南曲、北曲之分，此二者，亦皆综合宋代各种乐曲而为之者也。今欲溯其发达之迹，当分为三章论之：一、宋之滑稽戏，二、宋之杂戏小说，三、宋之乐曲是也。

宋之滑稽戏，大略与唐滑稽戏同，当时亦谓之杂剧。兹复汇集之如下：

> 刘攽《中山诗话》："祥符天禧中，杨大年、钱文僖、晏元献、刘子仪以文章立朝，为诗皆宗李义山，后进多窃义山语句。尝内宴，优人有为义山者，衣服败裂，告人曰：'吾为诸馆职挦撦至此。'闻者欢笑。"
>
> 范镇《东斋纪事》（卷一）："赏花、钓鱼，赋诗，往往有宿构者。天圣中，永兴军进山水石适至，会命赋山水石，其间多荒恶者，盖出其不意耳。中坐，优人入

戏，各执笔若吟咏状。其一人忽仆于界石上，众扶掖起之。既起，曰：'数日来作赏花钓鱼诗，准备应制，却被这石头擦倒。'左右皆大笑。翌日，降出其诗，令中书铨定。秘阁校理韩义最为鄙恶，落职与外任。"

张师正《倦游杂录》(江少虞《皇朝事实类苑》卷六十四引)："景祐末，诏以郑州为奉宁军，蔡州为淮康军。范雍自侍郎领淮康节钺，镇延安。时羌人旅拒戍边之卒，延安为盛。有内臣卢押班者，为钤辖，心常轻范。一日军府开宴，有军伶人杂剧，称参军梦得一黄瓜，长丈余，是何祥也？一伶贺曰：'黄瓜上有刺，必作黄州刺史。'一伶批其颊曰：'若梦见镇府萝卜，须作蔡州节度使？'范疑卢所教，即取二伶杖背，黥为城旦。"

宋无名氏《续墨客挥犀》(卷五)："熙宁九年，太皇生辰，教坊例有献香杂剧。时判都水监侯叔献新卒，伶人丁仙现假为一道士善出神，一僧善入定。或诘其出神何所见，道士云：'近曾出神至大罗，见玉皇殿上，有一人披金紫，熟视之，乃本朝韩侍中也。手捧一物，窃问旁立者，曰：韩侍中献国家金枝玉叶万世不绝图。'僧曰：'近入定到地狱，见阎罗殿侧，有一个衣绯垂鱼，细视之，乃判都水监侯工部也。手中亦擎一物，窃问左右，云：为奈何水浅，献图欲别开河道耳。'时叔献兴水利以图恩赏，百姓苦之，故伶人有此语。"(江少虞《皇朝事实类苑》卷六十五引此条作《倦游杂录》。)

朱彧《萍洲可谈》(卷三)："熙宁间，王介甫行新法，（中略）其时多引人上殿。伶人对上作俳，跨驴直登轩陛，左右止之。其人曰：‘将谓有脚者尽上得。’荐者少沮。”

陈师道《谈丛》（卷一）：“王荆公改科举，暮年乃觉其失，曰：‘欲变学究为秀才，不谓变秀才为学究也。’盖举子专诵《王氏章句》而不解其义，正如学究诵注疏尔。教坊杂戏亦曰：‘学《诗》于陆农师，学《易》于龚深之（之当作父）。’盖讥士之寡闻也。”

王辟之《渑水燕谈录》（卷十）：“顷有秉政者，深被眷倚，言事无不从。一日御宴，教坊杂剧为小商，自称姓赵，以瓦瓿卖沙糖。道逢故人，喜而拜之。伸足误踏瓿倒，糖流于地。小商弹采叹息曰：‘甜采，你即溜也，怎奈何？’左右皆笑。俚语以王姓为甜采。”

李廌《师友谈记》：“东坡先生，近令门人作《人不易物赋》，或戏作一联曰：‘伏其几而袭其裳，岂为孔子；学其书而戴其帽，未是苏公。’（士大夫近年仿东坡桶高檐短帽，名曰‘子瞻样’。）廌因言之。公笑曰：‘近扈从醴泉观，优人以相与自夸文章为戏者，一优丁仙现曰：“吾之文章，汝辈不可及也。”众优曰：“何也？”曰：“汝不见吾头上子瞻乎？”’上为解颜，顾公久之。”

《萍洲可谈》（卷三）：“王德用为使相，黑色，俗号黑相。尝与北使伴射，使已中的，黑相取箭镈头，一发破前矢，俗号劈筶箭。姚麟亦善射，为殿帅十年，伴射，尝蒙奖赐。崇宁初，王恩以遭遇处位殿帅，不习弓矢，岁岁以伴射为窘。伶人对御作俳，先一人持一矢入，曰：‘黑相劈筈箭，售钱三百万。’又一人持八矢入，曰：‘老姚射不输箭，售钱三百万。’后二人挽箭一车入，曰：‘车箭卖一钱。’或问：‘此何人家箭，价贱如此？’答曰：‘王恩不及垛箭。’”

又：“崇宁铸九鼎，帝鼐居中，八鼎各镇一隅。是时行当十钱，苏州无赖子弟冒法盗铸。会浙中大水，伶人对御作俳：今岁东南大水，乞遣彤鼎往镇苏州。或作鼎神附奏云：‘不愿前去，恐一例铸作当十钱。’朝廷因治章綖之狱。”

曾敏行《独醒杂志》（卷九）：“崇宁二年，铸大钱，蔡元长建议，俾为折十。民间不便，优人因内宴，为卖浆者，或投一大钱，饮一杯，而索偿其馀。卖浆者对以方出市，未有钱，可更饮浆。乃连饮至于五六，其人鼓腹曰：‘使相公改作折百钱，奈何！’上为之动。法由是改。又大农告乏时，有献廪俸减半之议。优人乃为衣冠之士，自冠带衣裾，被身之物辄除其半。众怪而问之，则曰：‘减半。’已而两足共穿半袴，躄而来前。复问之，则又曰：‘减半。’问者乃长叹曰：‘但知减半，岂料难行。’语传禁中，亦遂罢议。”

洪迈《夷坚志》丁集（卷四）：“俳优侏儒，周技之下且贱者，然亦能因戏语而箴讽时政，有合于古矇诵工谏之义，世目为杂剧者是已。崇宁初，斥远元祐忠贤，禁锢学术，凡偶涉其时所为所行，无论大小，一切不得志。伶者对御为戏：推一参军作宰相，据坐，宣扬朝政之美。一僧乞给公据游方，视其戒牒，则元祐三年者，立涂毁之，而加以冠巾。一道士失亡度牒，闻被载时，亦元祐也，剥其羽服，使为民。一士人以元祐五年获荐，当免举，礼部不为引用，来自言，即押送所属屏斥。已而，主管宅库者附耳语曰：‘今日在左藏库，请相公料钱一千贯，尽是元祐钱，合取钧旨。’其人俯首久之，曰：‘从后门搬入去。’副者举所挺杖其背，曰：‘你做到宰相，元来也只要钱！’是时，至尊亦解颜。”

又：“蔡京作宰，弟卞为元枢。卞乃王安石婿，尊崇妇翁。当孔庙释奠时，跻于配享而封舒王。优人设孔子正坐，颜、孟与安石侍侧。孔子命之坐，安石揖孟子居上，孟辞曰：‘天下达尊，爵居其一，轲近蒙公爵，相公贵为真王，何必谦光如此。’遂揖颜，曰‘回也，陋巷匹夫，平生无分毫事业，公为命世真儒，位貌有间，辞之过矣。’安石遂处其上。夫子不能安席，亦避位。安石惶惧拱手，云：‘不敢。’往复未决。子路在外，情愤不能堪，径趋从礼室，挽公冶长臂而出。公冶为窘迫之状，谢曰：‘长何罪？’乃责数之曰：‘汝全不救护丈人，看取别人家女婿。’其意以讥卞也。时方议欲升安石于孟子之上，为此而止。”

又：“又常设三辈为儒、道、释，各称颂其教。儒者曰：‘吾之所学：仁、义、礼、智、信，曰五常。’遂演畅其旨，皆采引经书，不杂媟语。次至道士，曰：‘吾之所学：金、木、水、火、土，曰五行。’亦说大意。末至僧，僧抵掌曰：‘二子腐生常谈，不足听；吾之所学：生、老、病、死、苦，曰五化。藏经渊奥，非汝等所得闻。当以现世佛菩萨法理之妙，为汝陈之。盍以次问我？’曰：‘敢问生？’曰：‘内自太学辟雍，外至下州偏县，凡秀才读书者，尽为三舍生。华屋美馔，月书季考，三岁大比，脱白挂绿，上可以为卿相。国家之于生也如此。’曰：‘敢问老？’曰：‘老而孤独贫困，必沦沟壑，今所在立孤老院，养之终身。国家之于老也如此。’曰：‘敢问病？’曰：‘不幸而有疾，家贫不能拯疗，于是有安济坊，使之存处，差医付药，责以十全之效。其于病也如此。’曰：‘敢问死？’曰：‘死者，人所不免，惟贫民无所归，则择空隙地为漏泽园；无以敛，则与之棺，使得葬埋。春秋享祀，恩及泉壤。其于死也如此。’曰：‘敢问苦？’其人瞑目不应，阳苦恻悚然。促之再三，乃蹙额答曰：‘只是百姓一般受无量苦。’徽宗为恻然长思，弗以为罪。”

周密《齐东野语》(卷二十)：“宣和间，徽宗与蔡攸辈在禁中，自为优戏。上作参军趋出，攸戏上曰：‘陛下好个神宗皇帝。’上以杖鞭之曰：‘你也好个司马丞相。’”

又(卷十)：“宣和中，童贯用兵燕蓟，败而窜。一日内宴，教坊进伎，为三四婢，首饰皆不同。其一当额为髻，曰：蔡太师家人也；其二髻偏坠，曰：郑太宰家人也；又一人满头为髻如小儿，曰：童大王家人也。问其故。蔡氏者曰：‘太师觐清光，此名朝天髻。’郑氏者曰：‘吾太宰奉祠就第，此懒梳髻。’至童氏者曰：‘大王方用兵，此三十六髻也。’”(三十六计，走为上计，宋人有此俗语。)

刘绩《霏雪录》:“宋高宗时，饔人瀹馄饨不熟，下大理寺。优人扮两士人，相貌各异；问其年，一日甲子生，一日丙子生。优人告曰：‘此二人皆合下大理。’高宗问故，优人曰:‘铗子饼子皆生，与馄饨不熟者同罪。’上大笑，赦原饔人。”

张知甫《可书》:“金人自侵中国，惟以敲棒击人脑而毙。绍兴间，有伶人作杂戏云：‘若要胜金人，须是我中国一件件相敌，乃可。且如金国有粘罕，我国有韩少保；金国有柳叶枪，我国有凤凰弓；金国有凿子箭，我国有锁子甲；金国有敲棒，我国有天灵盖。’人皆笑之。”

岳珂《桯史》(卷七):“秦桧以绍兴十五年四月丙子朔，赐第望仙桥；丁丑，赐银绢万匹两，钱千万，彩千缣。有诏：‘就第赐燕，假以教坊优伶。’宰执咸与。中席，优长诵致语，退。有参军者前，褒桧功德，一伶以荷叶交椅从之。诙语杂至，宾欢既洽。参军方拱揖谢，将就椅，忽坠其幞头，乃总发为髻，如行伍之巾，后有大巾镮，为双叠胜。伶指而问曰：‘此何镮？’曰：‘二圣镮。’遽以朴击其首，曰：‘尔但坐太师交椅，请取银绢例物，此镮掉脑后可也。’一坐失色。桧怒，明日下伶于狱，有死者。于是语禁始益繁。”

《夷坚志》丁集(卷四):“绍兴中，李椿年行经界量田法。方事之初，郡县奉命严急，民当其职者，颇困苦之。优者为先圣先师，鼎足而坐。有弟子从末席起，咨叩所疑。孟子奋然曰：‘仁政必自经界始。吾下世千五百年，其言乃为圣世所施用，三千之徒皆不如。’颜子默默无语。或于傍笑曰：‘使汝不是短命而死，也须做出一场害人事。’时秦桧方主李议，闻者畏获罪，不待此段之毕，即以谤亵圣贤叱执送狱。明日，杖而逐出境。”

又：“壬戌省试，秦桧之子熺、侄昌时、昌龄，皆奏名。公议籍籍，而无敢辄语。至乙丑春首，优者即戏场，设为士子赴南宫，相与推论知举官为谁。指侍从某尚书、某侍郎当主文柄，优长者非之曰：‘今年必差彭越。’问者曰：‘朝廷之上，不闻有此官员。’曰：‘汉梁王也。’曰：‘彼是古人，死已千年，如何来得？’曰：‘前举是楚王韩信，信、越一等人，所以知今为彭王。’问者嗤其妄，且扣厥指。笑曰：‘若不是韩信，如何取得他三秦！’四座不敢领略，一哄而出。秦亦不敢明行谴罚云。”

明田汝成《西湖游览志余》（卷二十二，此条当出宋人小说，未知所本）：“绍兴间，内宴，有优人作善天文者云：‘世间贵官人，必应星象，我悉能窥之。法当用浑仪，设玉衡，若对其人窥之，则见星而不见其人。玉衡不能卒办，用铜钱一文亦可。’乃令窥光尧，云：‘帝星也。’秦师垣，曰：‘相星也。’韩蕲王，曰：‘将星也。’张循王，曰：‘不见其星。’众皆骇，复令窥之，曰：‘中不见星，只见张郡王在钱眼内坐。’殿上大笑。俊最多资，故讥之。”

张端义《贵耳集》(卷一):“寿皇赐宰执宴，御前杂剧，妆秀才三人。首问曰:‘第一秀才，仙乡何处?’曰:‘上党人。’次问:‘第二秀才仙乡何处?’曰:‘泽州人。’次问第三秀才，曰:‘湖州人。’又问上党秀才，‘汝乡出何生药?’曰:‘某乡出人参。’次问泽州秀才，‘汝乡出甚生药?’曰:‘某乡出甘草。’次问:‘湖州出甚生药?’曰:‘出黄蘗。’‘如何湖州出黄蘗?’‘最是黄蘗苦人!’当时皇伯秀王在湖州，故有此语。寿皇即日召入，赐第，奉朝请。”

又:“何自然中丞，上疏乞朝廷并库，寿皇从之。方且讲究未定，御前有燕，杂剧伶人妆一卖故衣者，持裤一腰，只有一只裤口。买者得之，问:‘如何著?’卖者曰:‘两脚并做一裤口。’买者曰:‘裤却并了，只恐行不得。’寿皇即寝此议。”

《桯史》(卷十):淳熙间，“胡给事元质既新贡院，嗣岁庚子，适大比，(中略)会初场赋题，出《舜闻善若决江河》，而以‘闻善而行、沛然莫御’为韵。士既就案矣。(中略)忽一老儒摘《礼部韵》示诸生，谓沛字惟十四泰有之，一为颠沛，一为沛邑。注无沛决之义。惟它有霈字，乃从雨，为可疑。众曰是，哄然叩帘请。(中略)或入于房，执考校者一人驱之。考校者惶遽，急曰:‘有雨头也得，无雨头也得。’或又咎其误，曰:‘第二场更不敢也。’盖一时祈脱之辞，移时稍定，试司申‘鼓噪场屋’，胡以其不称于礼遇也，怒，物色为首者，尽系狱。韦布益不平。既拆号，例宴主司以劳还，毕三爵，优伶序进。有儒服立于前者，一人旁揖之，相与诧博洽，辨古今，岸然不相下，因各求挑试所诵忆。其一问：‘汉名宰相凡几？’儒服以萧、曹以下，枚数之无遗。群优咸赞其能。乃曰：‘汉相吾言之矣。敢问唐三百年间，名将帅何人也？’旁揖者亦诎指英、卫，以及季叶，曰：‘张巡、许远、田万春。’儒服奋起争曰：‘巡、远是也，万春之姓雷，历考史牒，未有以雷为田者。’揖者不服，撑拒腾口。俄一绿衣参军，自称教授，据几，二人敬质疑。曰：‘是故雷姓。’揖者大诟，袒裼奋拳，教授遽作恐惧状，曰：‘有雨头也得，无雨头也得！’坐中方失色，知其讽己也。忽优有黄衣者，持令旗跃出稠人中，曰：‘制置大学给事台旨：试官在座，尔辈安得无礼。’群优亟敛容，趋下，喏曰‘第二场更不敢也。’侠陀皆笑，席客大惭。明日遁去。遂释系者。胡意其为郡士所使，录优而诘之，杖而出诸境。然其语盛传至今。”

又（卷五）：“韩平原在庆元初，其弟仰胄为知阁门事，颇与密议，时人谓之大小韩，求捷径者争趋之。一日内宴，优人有为衣冠到选者，自叙履历才艺，应得美官，而流滞铨曹，自春徂冬，未有所拟，方徘徊浩叹。又为日者敝帽持扇，过其旁，遂邀使谈庚申，问以得禄之期。日者厉声曰：‘君命甚高，但于五星局中，财帛宫若有所碍。目下若欲亨达，先见小寒；更望事成，必见大寒可也。’优盖以寒为韩。侍宴者皆缩颈匿笑。”

张仲文《白獭髓》（《说郛》卷三十八）：“嘉泰末

年，平原公恃有扶日之功，凡事自作威福，政事皆不由内出。会内宴，伶人王公瑾曰：'今日政如客人卖伞，不由里面。'"

叶绍翁《四朝闻见录》(戊集)："韩侂胄用兵既败，为之须发俱白，困闷不知所为。优伶因上赐侂胄宴，设樊迟、樊哙，旁有一人曰樊恼。又设一人，揖问迟：'谁与你取名？'对以夫子所取。则拜曰：'此圣门之高弟也。'又揖问哙，曰：'谁名汝？'对曰：'汉高祖所命。'则拜曰：'真汉家之名将也。'又揖恼，曰：'谁名汝？'对以'樊恼自取'。又因郭倪、郭果（按果当作倬）败，因赐宴，优伶以生菱进于桌上，命二人移桌，忽生菱坠，尽碎。其一人曰：'苦，苦，苦！坏了多少生灵，只因移果桌！'"

《贵耳集》(卷下)："袁彦纯尹京，专一留意酒政。煮酒卖尽，取常州宜兴县酒、衢州龙游县酒在都下卖。御前杂剧，三个官人，一曰京尹，二曰常州太守，三曰衢州太守。三人争坐位，常守让京尹曰：'岂宜在我二州之下？'衢守争曰：'京尹合在我二州之下。'常守问曰：'如何有此说？'衢守云：'他是我二州拍户。'宁庙亦大笑。"

又："史同叔为相日，府中开宴，用杂剧人。作一士人念诗，曰：'满朝朱紫贵，尽是读书人。'旁一士人曰：'非也，满朝朱紫贵，尽是四明人。'自后相府有宴，二十年不用杂剧。"

《桯史》(卷十三)："蜀伶多能文，俳语率杂以经史，凡制帅幕府之燕集，多用之。嘉定中，吴畏斋帅成都，从行者多选人，类以京削系念。伶知其然。一日，为古衣冠服数人，游于庭，自称孔门弟子。交质以姓氏，或曰常，或曰於，或曰吾。问其所莅官，则合而应曰：'皆选人也。'固请析之。居首者率然对曰：'子乃不我知，《论语》所谓常从事于斯矣，即某其人也。官为从事而系以姓，固理之然。'问其次，曰：'亦出《论语》，于从政乎何有，盖即某官氏之称。'又问其次，曰：'某又《论语》十七篇所谓：吾将仕者。'遂相与叹诧，以选调为淹抑。有怂恿其旁者，曰：'子之名不见于七十子，固圣门下第，盍叩十哲而请教焉。'如其言，见颜、闵方在堂，群而请益。子骞蹙额曰：'如之何？何必改！'兖公应之曰：'然！回也不改。'众抚然不怡，曰：'无已，质诸夫子。'如之，夫子不答，久而曰：'钻遂改火，急可已矣。'坐客皆愧而笑。闻者至今启颜。优流侮圣言，直可诛绝。特记一时之戏语如此。"

《齐东野语》（卷十三）："蜀优尤能涉猎古今，援引经史，以佐口吻，资笑谈。当史丞相弥远用事，选人改官，多出其门。制阃大宴，有优为衣冠者数辈，皆称为孔门弟子，相与言吾侪皆选人。遂各言其姓，曰'吾为常从事'，'吾为於从政'，'吾为吾将仕'，'吾为路文学'。别有二人出，曰：'吾宰予也。夫子曰，於予与改，可谓侥幸。'其一曰：'吾颜回也。夫子曰，回也不改。吾为四科之首而不改，汝何为独改？'曰：'吾钻故，汝何不钻？'曰：'吾非不钻，而钻弥坚耳。'曰：

‘汝之不改，宜也。何不钻弥远乎？’其离析文义，可谓侮圣言；而巧发微中，有足称言者焉。有袁三者，名尤著。有从官姓袁者，制蜀，颇乏廉声。群优四人，分主酒、色、财、气，各夸张其好尚之乐，而余者互讥笑之。至袁优，则曰：‘吾所好者，财也。’因极言财之美利，众亦讥诮不已。徐以手自指曰：‘任你讥笑，其如袁丈好此何！’”

又：“近者己亥，史岩之为京尹，其弟以参政督兵于淮。一日内宴，伶人衣金紫，而幞头忽脱，乃红巾也。或惊问曰：‘贼裹红巾，何为官亦如此？’旁一人答云：‘如今做官的都是如此。’于是褫其衣冠，则有万回佛自怀中坠地。其旁者曰：‘他虽做贼，且看他哥哥面。’”

又：“女冠吴知古用事，人皆侧目。内宴，参军肆筵张乐，胥辈请佥文书，参军怒曰：‘吾方听鷰栗，可少缓。’请至再三，其答如前。胥击其首曰：‘甚事不被鷰栗坏了！’盖是俗呼黄冠为鷰栗也。”

又：“王叔知吴门日，名其酒曰‘彻底清’。锡宴日，伶人持一樽，夸于众曰：‘此酒名彻底清。’既而开樽，则浊醪也。旁诮之云：‘汝既为彻底清，却如何如此？’答云：‘本是彻底清，被钱打得浑了。’”

罗大经《鹤林玉露》（卷三）：“端平间，真西山参大政，未及有所建置而薨。魏鹤山督师，亦未及有所设施而罢。临安优人，装一儒生，手持一鹤；别一儒生与之解后，问其姓名，曰：‘姓锺名庸。’问所持何物，曰：‘大鹤也。’因倾盖欢然，呼酒对饮。其人大嚼洪吸，酒肉靡有孑遗。忽颠仆于地，群数人曳之不动。一人乃批其颊，大骂曰：‘说甚《中庸》、《大学》，吃了许多酒食，一动也动不得。’遂一笑而罢。或谓有使其为此，以姗侮君子者，府尹乃悉黥其人。”

《西湖游览志余》（卷二，不知其所本）：“丁大全作相，与董宋臣表里。（中略）一日内宴，一人专打锣，一人扑之，曰：‘今日排当，不奏他乐，丁丁董董不已，何也？’曰：‘方今事皆丁董，吾安得不丁董？’”

仇远《稗史》（《说郛》卷二十五）：“至元丙子，北兵入杭，庙朝为虚。有金姓者，世为伶官，流离无所归。一日，道遇左丞范文虎，向为宋殿帅时，熟知其为人，谓金曰：‘来日公宴，汝来献伎，不愁贫贱。’如期往，为优戏，作诨曰：‘某寺有钟，寺僧不敢击者数日，主僧问故，乃言钟楼有巨神，神怪不敢登也。主僧亟往视之，神即跪伏投拜，主僧曰：‘汝何神也？’答曰：‘钟神。’主僧曰：‘既是钟神，何故投拜？’众皆大笑，范为之不怿。其人亦不顾。识者莫不多之。”

附　辽金伪齐

《宋史·孔道辅传》：“道辅奉使契丹，契丹宴使者，优人以文宣王为戏，道辅艴然径出。”

邵伯温《闻见前录》（卷十）：“潞公谓温公曰：‘吾留守北京，遣人入大辽侦事。回云：见辽主大宴群臣，伶人剧戏作衣冠者，见物必攫取，怀之。有从其后以梃朴之者，曰：司马端明耶？君实清名，在夷狄如此。'温公愧谢。"

沈作简《寓简》（卷十）："伪齐刘豫既僭位，大宴群臣。教坊进杂剧。有处士问星翁曰：'自古帝王之兴，必有受命之符，今新主有天下，抑有嘉祥美瑞以应之乎？'星翁曰：'固有之。新主即位之前一日，有一星聚东井，真所谓符命也。'处士以杖击之，曰：'五星，非一也，乃云聚耳。一星，又何聚焉？'星翁曰：'汝固不知也。新主圣德，比汉高祖只少四星儿里。'"

《金史·后妃传》："章宗元妃李氏，势位熏赫，与皇后侔。一日，宴宫中，优人玳瑁头者，戏于上前。或问：'上国有何符瑞？'优曰：'汝不闻凤凰见乎？'曰：'知之而未闻其详。'优曰：'其飞有四，所应亦异。若向上飞，则风雨顺时；向下飞，则五谷丰登；向外飞，则四国来朝；向里飞（音同李妃），则加官进禄。'上笑而罢。"

宋辽金三朝之滑稽剧，其见于载籍者略具于此。此种滑稽剧，宋人亦谓之杂剧，或谓之杂戏。吕本中《童蒙训》曰："作杂剧者，打猛诨入，却打猛诨出。"吴自牧《梦粱录》亦云："杂剧全用故事，务在滑稽。"孟元老《东京梦华录》云："圣节内殿杂戏，为有使人预宴，不敢深作谐谑。"则无使人时可知。是宋人杂剧，固纯以诙谐为主，与唐之滑稽剧无异。但其中脚色，较为著明，而布置亦稍复杂；然不能被以歌舞，其去真正戏剧尚远。然谓宋人戏剧，遂止于此，则大不然。虽明之中叶，尚有此种滑稽剧，观文林《琅邪漫钞》，徐咸《西园杂记》、沈德符《万历野获编》所载者，全与宋滑稽剧无异。若以此概明之戏剧，未有不笑者也。宋剧亦然。故欲知宋元戏剧之渊源，不可不兼于他方面求之也。

第三章 宋之小说杂戏

宋之滑稽戏，虽托故事以讽时事，然不以演事实为主，而以所含之意义为主。至其变为演事实之戏剧，则当时之小说，实有力焉。

小说之名起于汉，《西京赋》云："小说九百，本自虞初。"《汉书·艺文志》有"《虞初周说》九百四十四篇。"其书之体例如何，今无由知。唯《魏略》(《魏志·王粲传》注引）言："临淄侯植，诵俳优小说数千言。"则似与后世小说，已不相远。六朝时，干宝、任昉、刘义庆诸人，咸有著述，至唐而大盛。今《太平广记》所载，实集其成。然但为著述上之事，与宋之小说无与焉。宋之小说，则不以著述为事，而以讲演为事。灌园耐得翁《都城纪胜》谓说话有四种：一小说，一说经，一说参请，一说史书。《梦粱录》(卷二十）所纪略同。《武林旧事》(卷六）所载诸色伎艺人中，有书会（谓说书会），有演史，有说经诨经，有小说。而《都城纪胜》《梦粱录》均谓小说人能以一朝一代故事，顷刻间提破。则演史与小说，自为一类。此三书所纪，皆南渡以后之事；而其源则发于宋初。高承《事物纪原》(卷九)："仁宗时，市人有能谈三国事者，或采其说，加缘饰，作影人。"《东坡志林》(卷六)：王彭尝云"涂巷中小儿薄劣，为其家所厌苦，辄与钱令聚坐，听说古话，至说三国事"云云。《东京梦华录》(卷五)所载京瓦伎艺，有霍四究说三分，尹常卖《五代史》。至南渡以后，有敷衍《复华篇》及《中兴名将传》者，见于《梦粱录》，此皆演史之类也。其无关史事者，则谓之小说。《梦粱录》云："且小说名'银字儿'，如烟粉、灵怪、传奇、公案、朴刀、杆棒、发发、踪参等事。"则其体例，亦当与演史大略相同。今日所传之《五代平话》，实演史之遗；《宣和遗事》，殆小说之遗也。此种说话，以叙事为主，与滑稽剧之但托故事者迥异。其发达之迹，虽略与戏曲平行；而后世戏剧之题目，多取诸此，其结构亦多依仿为之，所以资戏剧之发达者，实不少也。

至与戏剧更相近者，则为傀儡。傀儡起于周季，《列子》以偃师刻木人事，为在周穆王时，或系寓言；然谓列子时已有此事，当不诬也。《乐府杂录》以为起于汉祖平城之围，其说无稽。《通典》则云："《窟礧子》作偶人以戏，善歌舞，本丧家乐也。汉末始用之于嘉会。"其说本于应劭《风俗通》，则汉时固确有此戏矣。汉时此戏结构如何，虽不可考，然六朝之际，此戏已演故事。《颜氏家训·书证》篇："或问：'俗名傀儡子为郭秃，有故实乎？'答曰：'《风俗通》云：诸郭皆讳秃，当是前世有姓郭而病秃者，滑稽调戏，故后人为其像，呼为郭秃。'"唐时傀儡戏中之郭郎实出于此，至宋犹有此名。唐之傀儡，亦演故事。《封氏闻见记》(卷六)："大历中，太原节度辛景云葬日，诸道节度使使人修祭。范阳祭盘，最为高大，刻木为尉迟鄂公突厥斗将之象，机关动作，不异于生。祭讫，灵车欲过，使者请曰：'对数未尽。'又停车，设项羽与汉高祖会鸿门之象，良久乃毕。”至宋而傀儡最盛，种类亦最繁：有悬丝傀儡，走线傀儡，杖头傀儡，药发傀儡，肉傀儡，水傀儡各种（见《东京梦华录》《武林旧事》《梦粱录》)。《梦粱录》云：“凡傀儡，敷衍烟粉、灵怪、铁骑、公案、史书、历代君臣将相故事话本，或讲史，或作杂剧，或如崖词，（中略）大抵弄此，多虚少实，如《巨灵神》、《朱姬大仙》等也。”则宋时此戏，实与戏剧同时发达，其以敷衍故事为主，且较胜于滑稽剧。此于戏剧之进步上，不能不注意者也。

傀儡之外，似戏剧而非真戏剧者，尚有影戏。此则自宋始有之。《事物纪原》（卷九）：“宋朝仁宗时，市人有能谈三国事者，或采其说加缘饰、作影人，始为魏吴蜀三分战争之象。”《东京梦华录》所载京瓦伎艺，有影戏，有乔影戏。南宋尤盛。《梦粱录》云：“有弄影戏者，元汴京初以素纸雕簇，自后人巧工精，以羊皮雕形，以彩色装饰，不致损坏。（中略）其话本与讲史书者颇同，大抵真假相半。公忠者雕以正貌，奸邪者刻以丑形，盖亦寓褒贬于其间耳。”然则影戏之为物，专以演故事为事，与傀儡同。此亦有助于戏剧之进步者也。

以上三者，皆以演故事为事。小说但以口演，傀儡、影戏则为其形象矣，然而非以人演也。其以人演者，戏剧之外，尚有种种，亦戏剧之支流，而不可不一注意也。

三教 《东京梦华录》(卷十)："十二月，即有贫者三教人，为一火，装妇人神鬼，敲锣击鼓，巡门乞钱，俗呼为打夜胡。"

讶鼓 《续墨客挥犀》(卷七)："王子醇初平熙河，边陲宁静，讲武之暇，因教军士为讶鼓戏，数年间遂盛行于世。其举动舞装之状，与优人之词，皆子醇初制也。或云：'子醇初与西人对阵，兵未交，子醇命军士百余人，装为讶鼓队，绕出军前，虏见皆愕眙。进兵奋击，大破之。'"《朱子语类》(卷一百三十九)亦云："如舞讶鼓，其间男子、妇人、僧道、杂色、无所不有，但都是假的。"

舞队 《武林旧事》(卷二)所纪舞队，全与前二者相似。今列其目：

《查查鬼》(《查大》)《李大口》(《一字口》)《贺丰年》《长瓠敛》(《长头》)《兔吉》(《兔毛大伯》)《吃遂》《大憨儿》《粗妲》《麻婆子》《快活三郎》《黄金杏》《瞎判官》《快活三娘》《沈承务》《一脸膜》《猫儿相公》《洞公嘴》《细妲》《河东子》《黑遂》《王铁儿》《交椅》《夹棒》《屏风》《男女竹马》《男女杵歌》《大小斫刀鲍老》《交衮鲍老》《子弟清音》《女童清音》《诸国献宝》《穿心国入贡》《孙武子教女兵》《六国朝》《四国朝》《遏云社》《绯绿社》《胡安女》《凤阮稽琴》《扑蝴蝶》《回阳丹》《火药》《瓦盆鼓》《焦锤架儿》《乔三教》《乔迎酒》《乔亲事》《乔乐神》(《马明王》)《乔捉蛇》《乔学堂》《乔宅眷》《乔像生》《乔师娘》《独自乔》《地仙》,《旱划船》《教象》《裴态》《村田乐》《鼓板》《踏橇》(一作《踏跷》)《扑旗》《抱锣装鬼》《狮豹蛮牌》《十斋郎》《耍和尚》《刘衮》《散钱行》《货郎》《打娇惜》。

其中装作种种人物，或有故事。其所以异于戏剧者，则演剧有定所，此则巡回演之。然后来戏名曲名中，多用其名目，可知其与戏剧非毫无关系也。

第四章　宋之乐曲

前二章既述宋代之滑稽戏及小说杂戏，后世戏剧之渊源，略可于此窥之。然后代之戏剧，必合言语、动作、歌唱，以演一故事，而后戏剧之意义始全。故真戏剧必与戏曲相表里。然则戏曲之为物，果如何发达乎？此不可不先研究宋代之乐曲也。

宋之歌曲其最通行而为人人所知者，是为词。亦谓之近体乐府，亦谓之长短句。其体始于唐之中叶，至晚唐五代，而作者渐多，及宋而大盛。宋人宴集，无不歌以侑觞。然大率徒歌而不舞，〔其歌亦以一阕为率。其有连续歌此一曲者，如欧阳公之采桑子〕，凡十一首；赵德麟之〔商调·蝶恋花〕，凡十首。一述西湖之胜，一咏《会真》之事，皆徒歌而不舞，其所以异于普通之词者，不过重叠此曲，以咏一事而已。

其歌舞相兼者，则谓之传踏（曾慥《乐府雅词》卷上），亦谓之转踏（王灼《碧鸡漫志》卷三），亦谓之缠达（《梦粱录》卷二十）。北宋之转踏，恒以一曲连续歌之。每一首咏一事，共若干首则咏若干事。然亦有合若干首而咏一事者。《碧鸡漫志》（卷三）谓石曼卿作《拂霓裳转踏》，述开元天宝遗事是也。其曲调唯〔调笑〕一调用之最多。今举其一例：

调笑转踏　郑仅（《乐府雅词》卷上）

良辰易失，信四者之难并。佳客相逢，实一时之盛会。用陈妙曲，上助清欢。女伴相将，调笑入队。

秦楼有女字罗敷，二十未满十五余，金镮约腕携笼去，攀枝折叶城南隅。使君春思如飞絮，五马徘徊芳草路，东风吹鬓不可亲，日晚蚕饥欲归去。

归去，携笼女，南陌春愁三月暮，使君春思如飞絮，五马徘徊频驻。蚕饥日晚空留顾，笑指秦楼归去。

石城女子名莫愁，家住石城西渡头，拾翠每寻芳草路，采莲时过绿蘋洲。五陵豪客青楼上，醉倒金壶待清唱，风高江阔白浪飞，急催艇子操双桨。

双桨，小舟荡，唤取莫愁迎叠浪，五陵豪客青楼上，不道风高江广。千金难买倾城样，那听绕梁清唱。

绣户朱帘翠幕张，主人置酒宴华堂；相如年少多才调，消得文君暗断肠。断肠初认琴心挑，么弦暗写相思调，从来万曲不关心，此度伤心何草草！

草草，最年少，绣户银屏人窈窕，瑶琴暗写相思调，一曲关心多少。临邛客舍成都道，苦恨相逢不早！（此三曲分咏罗敷、莫愁、文君三事，尚有九曲咏九事，文多略之。）

放队

新词宛转递相传，振袖倾鬟风露前，月落乌啼云雨散，游人陌上拾花钿。

此种词前有勾队词，后以一诗一曲相间，终以放队词，则亦用七绝，此宋初体格如此。然至汴宋之末，则其体渐变。《梦粱录》（卷二十）："在京时，只有缠令缠达，有引子尾声为缠令，引子后只有两腔迎互循环，间有缠达。"此缠达之音，与传踏同，其为一物无疑也。吴《录》所云，与上文之传踏相比较，其变化之迹显然。盖勾队之词，变而为引子；放队之词，变而为尾声；曲前之诗，后亦变而用他曲；故云引子后只有两腔迎互循环也。今缠达之词皆亡，唯元剧中正宫套曲，其体例全自此出，观第七章所引例，自可了然矣。

传踏之制，以歌者为一队，且歌且舞，以侑宾客。宋时有与此相似，或同实异名者，是为队舞。《宋史·乐志》："队舞之制，其名各十。小儿队凡七十二人：一曰柘枝队，二曰剑器队，三曰婆罗门队，四曰醉胡腾队，五曰诨臣万岁乐队，六曰儿童感圣乐队，七曰玉兔浑脱队。八曰异域朝天队，九曰儿童解红队，十曰射雕回鹘队。女弟子队凡一百五十三人：一曰菩萨蛮队，二曰感化乐队，三曰抛球乐队，四曰佳人剪牡丹队，五曰拂霓裳队，六曰采莲队，七曰凤迎乐队，八曰菩萨献香花队，九曰彩云仙队，十曰打球乐队。"其装饰各由其队名而异：如佳人剪牡丹队，则衣红生色砌衣，戴金冠，剪牡丹花；采莲队则执莲花；菩萨献香队则执香花盘。其舞未详，其曲宋人或取以填词。其中有拂霓裳队，而《碧鸡漫志》谓石曼卿作《拂霓裳传踏》，恐与传踏为一，或为传踏之所自出也。

宋时舞曲，尚有曲破。《宋史·乐志》：“太宗洞晓音律，制曲破二十九。”此在唐五代已有之，至宋时又藉以演故事。史浩《鄮峰真隐漫录》之《剑舞》即是也。今录其辞如下：

剑舞（《鄮峰真隐漫录》卷四十六）

二舞者对厅立裀上，（下略）乐部唱〔剑器曲破〕，作舞一段了。二舞者同唱〔霜天晓角〕。

“莹莹巨阙，左右凝霜雪；且向玉阶掀舞，终当有用时节。唱彻，人尽说，宝此刚不折，内使奸雄落胆，外须遣豺狼灭。”

乐部唱曲子，作舞《剑器曲破》一段。舞罢，二人分立两边。别二人汉装者出，对坐。桌上设酒桌。竹竿子念：

“伏以断蛇大泽，逐鹿中原，佩赤帝之真符，接苍姬之正统。皇威既振，天命有归，量势虽盛于重瞳，度德难胜于隆准。鸿门设会，亚父输谋，徒矜起舞之雄姿，厥有解纷之壮士。想当时之贾勇，激烈飞扬；宜后世之效颦，回翔宛转。双鸾奏技，四座腾欢。”

乐部唱曲子，舞《剑器曲破》一段。一人左立者，上裀舞，有欲刺右汉装者之势，又一人舞进前，翼蔽之。舞罢，两舞者并退。汉装者亦退。复有两人唐装者出，对坐，桌上设笔砚纸，舞者一人换妇人装，立裀上。竹竿子念：

“伏以云鬟耸苍壁，雾縠罩香肌，袖翻紫电以连轩，手握青蛇而的皪，花影下游龙自跃，锦裀上跄凤来仪，逸态横生，瑰姿谲起。领此入神之技，诚为骇目之观，巴女心惊，燕姬色沮。岂唯张长史草书大进，抑亦杜工部丽句新成。称妙一时，流芳万古，宜呈雅态，以洽浓欢。”

乐部唱曲子，舞《剑器曲破》一段，作龙蛇蜿蜒曼舞之势。两人唐装者起。二舞者，一男一女，对舞，结《剑器曲破》彻。竹竿子念：

“项伯有功扶帝业，大娘驰誉满文场，合兹二妙甚奇特，欲使嘉宾釂一觞。霍如羿射九日落，矫如群帝骖龙翔，来如雷霆收震怒，罢如江海含晴光。歌舞既终，相将好去。”

念了，二舞者出队。

由此观之，其乐有声无词，且于舞踏之中，寓以故事，颇与唐之歌舞戏相似。而其曲中有“破”有“彻”，盖截大曲入破以后用之也。

此外兼歌舞之伎，则为大曲。大曲自南北朝已有此名。南朝大曲，则清商三调中之大曲，《宋书·乐志》所载者是也。北朝大曲，则《魏书·乐志》言之而不详。至唐而雅乐、清乐、燕乐、西凉、龟兹、安国、天竺、疏勒、高昌乐中，均有大曲（见《大唐六典》卷十四《协律郎》条注）。然传于后世者，唯胡乐大曲耳。其名悉载于《教坊记》，而其词尚略存于《乐府诗集》近代曲辞中。宋之大曲，即自此出。教坊所奏，凡十八调四十大曲，《文献通考》及《宋史·乐志》具载其目。此外亦尚有之，故又有五十大曲及五十四大曲之称。（详见拙著《唐宋大曲考》，兹略之）。其曲辞之存于今日者，有董颖〔薄媚〕（《乐府雅词》卷上）、曾布〔水调歌头〕（王明清《玉照新志》卷二）、史浩〔采莲〕（《鄮峰真隐漫录》卷四十五）三曲稍长，然亦非其全遍。其中间一二遍，则于宋词中间遇之。大曲遍数，多至一二十。其各遍之名，则唐时有排遍、入破、彻《乐府诗集》卷七十九）。而排遍、入破，又各有数遍。彻者，入破之末一遍也。宋大曲则王灼谓：“凡大曲有散序、靸、排遍、攧、正攧、入破、虚催、实催、衮遍、歇拍、杀衮，始成一曲，谓之大遍。”（《碧鸡漫志》卷三）沈括亦云：“所谓大遍者，有序、引、歌、歙、嗺、哨、催、攧、衮、破、行、中腔、踏歌之类，凡数十解。”（《梦溪笔谈》卷五）沈氏所列各名，与现存大曲不合。王说近之。惟攧后尚有延遍，实催前尚有衮遍（即张炎《词源》所谓中衮）。而散序与排遍，均不止一遍，排遍且多至八九，故大曲遍数，往往至于数十，唯宋人多裁截用之。即其所用者，亦以声与舞为主，而不以词为主，故多有声无词者。自北宋时，葛守诚撰四十大曲，而教坊大曲，始全有词。然南宋修内司所编《乐府混成集》，大曲一项，凡数百解，有谱无词者居半。（周密《齐东野语》卷十），则亦不以词重矣。其攧、破、催、衮，以舞之节名之。此种大曲，遍数既多，自于叙事为便，故宋人咏事多用之。今录董颖〔薄媚〕，以示其一例；宋人大曲之存者，以此为最长矣。

薄媚（西子词）(《乐府雅词》卷上）

排遍第八

怒涛卷雪，巍岫布云，越襟吴带如斯。有客经游，月伴风随。值盛世，观此江山美，合放怀，何事却兴悲？不为回头，旧谷天涯，为想前君事，越王嫁祸献西施，吴即中深机。阖庐死，有遗誓，勾践必诛夷。吴未干戈出境，仓卒越兵，投怒夫差，鼎沸鲸鲵。越遭劲敌，可怜无计脱重围！归路茫然，城郭邱墟，飘泊稽山里。旅魂暗逐战尘飞，天日惨无辉。

排遍第九

自笑平生，英气凌云，凛然万里宣威。那知此际，熊虎涂穷，来伴麋鹿卑栖。既甘臣妾，犹不许，何为计？争若都燔宝器，尽诛吾妻子，径将死战决雄雌，天意恐怜之。偶闻太宰正擅权，贪赂市恩私。因将宝玩献诚，虽脱霜戈，石室囚系忧嗟，又经时。恨不如巢燕自由归，残月朦胧，寒雨潇潇，有血都成泪，备尝崄厄反邦畿，冤愤刻肝脾。

第十攧

种陈谋，谓吴兵正炽，越勇难施；破吴策，唯妖姬。有倾城妙丽，名称（一作字）西子岁方笄。算夫差惑此，须致颠危。范蠡微行，珠贝为香饵，苎萝不钓钓深闺。吞饵果殊姿。素肌纤弱，不胜罗绮。鸾镜畔，粉面淡匀，梨花一朵琼壶里，嫣然意态娇春，寸眸剪水，斜鬟鬆翠，人无双宜。名动君王，绣履容易，来登玉陛。

入破第一

窣湘裙，摇汉珮，步步香风起。敛双蛾，论时事，兰心巧会君意。殊珍异宝，犹自朝臣未与，妾何人，被此隆恩，虽令效死奉严旨。隐约龙姿忻悦，更把甘言说。辞俊美，质娉婷，天教汝众美兼备。闻吴重色，凭汝和亲，应为靖边陲。将别金门，俄挥粉泪，靓妆洗。

第二虚催

飞云驶香车，故国难回睇，芳心渐摇，迤逦吴都繁丽。忠臣子胥，预知道为邦祟，谏言先启，愿勿容其至。周亡褒姒，商倾妲己。吴王却嫌胥逆耳，才经眼便深恩爱，东风暗绽娇蕊，彩鸾翻妒伊。得取次于飞共戏，金屋看承，他宫尽废。

第三衮遍

华宴夕，灯摇醉，粉菡萏，笼蟾桂。扬翠袖，含风舞，轻妙处，惊鸿态，分明是瑶台琼榭，阆苑蓬壶景，尽移此地。花绕仙步，莺随管吹。宝帐暖，留春百和，馥郁融鸳被。银漏永，楚云浓，三竿日犹褪霞衣。宿酲轻腕嗅，宫花双带系，合同心时，波下比目，深怜到底。

第四催拍

耳盈丝竹，眼摇珠翠，迷乐事，宫闱内。争知渐国势陵夷。奸臣献佞，转恣奢淫，天谴岁屡饥。从此万姓，离心解体。越遣使阴窥虚实，蚤夜营边备。兵未动，子胥存，虽堪伐，尚畏忠义。斯人既戮，又且严兵卷土赴黄池，观衅种蠡，方云可矣。

第五衮遍

机有神，征鼙一鼓，万马襟喉地。庭喋血，诛留守，怜屈服，敛兵还，危如此。当除祸本，重结人心，争奈竟荒迷。战骨方埋，灵旗又指。势连败，柔荑携泣，不恶相抛弃。身在兮，心先死，宵奔兮，兵已前围。谋穷计尽，唳鹤啼猿，闻处分外悲。丹穴纵近，谁容再归。

第六歇拍

哀诚屡吐，甬东分赐，垂暮日置荒隅，心知愧。宝锷红委，鸾存凤去，辜负恩怜，情不似虞姬。尚望论功，荣归故里。降令曰：吴无赦汝，越与吴何异。吴正怨，越方疑，从公论合去妖类。蛾眉宛转，竟殒鲛绡，香骨委尘泥。渺渺姑苏，荒芜鹿戏。

第七煞衮

王公子，青春更才美，风流慕连理。耶溪一日，悠悠回首凝思。云鬟烟鬓，玉珮霞裾，依约露研姿。送目惊喜，俄迂玉趾，同仙骑洞府归去，帘栊窈窕戏鱼水，正一点犀通，遽别恨何已！媚魄千载，教人属意，况当时金殿里。

此曲自〔排遍第八〕至〔煞衮〕，共十遍，而截去〔排遍第七〕以上不用。此种大曲，遍数既多，虽便于叙事，然其动作皆有定则，欲以完全演一故事，固非易易。且现存大曲，皆为叙事体，而非代言体。即有故事，要亦为歌舞戏之一种，未足以当戏曲之名也。

由上所述宋乐曲观之，则传踏仅以一曲反复歌之；曲破与大曲，则曲之遍数虽多，然仍限于一曲。至合数曲而成一乐者，唯宋鼓吹曲中有之。宋大驾鼓吹，恒用〔导引〕〔六州〕〔十二时〕三曲。梓宫发引，则加〔祔陵歌〕，虞主回京，则加〔虞主歌〕，各为四曲。南渡后郊祀，则于〔导引〕〔六州〕〔十二时〕三曲外，又加〔奉禋歌〕〔降仙台〕二曲，共为五曲。合曲之体例，始于鼓吹见之。若求之于通常乐曲中，则合诸曲以成全体者，实自诸宫调始。诸宫调者，小说之支流，而被之以乐曲者也。《碧鸡漫志》（卷二）："熙宁元丰间，泽州孔三传始创诸宫调古传，士大夫皆能诵之。"《梦粱录》（卷二十）云："说唱诸宫调，昨汴京有孔三传，编成传奇灵怪，入曲说唱。"《东京梦华录》（卷五）纪崇观以来瓦舍伎艺，有"孔三传、耍秀才，诸宫调"。《武林旧事》（卷六）所载诸色伎艺人，诸宫调传奇有高郎妇等四人。则南北宋均有之。今其词尚存者，唯金董解元之《西厢》耳。董解元《西厢》，胡元瑞、焦理堂、施北研笔记中，均有考订，讫不知为何体。沈德符《野获编》（卷二十五）且妄以为金人院本模范。以余考之，确为诸宫调无疑。观陶南村《辍耕录》谓："金章宗时董解元所编《西厢记》，时代未远，犹罕有人能解之。"则后人不识此体，固不足怪也。此编之为诸宫调有三证：本书卷一〔太平赚〕词云："俺平生情性好疏狂，疏狂的情性难拘束。一回家想么，诗魔多，爱选多情曲。比前贤乐府不中听，在诸宫调里却著数。"此开卷自叙作词缘起，而自云"在诸宫调里"，其证一也。元凌云翰《柘轩词》有〔定风波〕词赋《崔莺莺传》云："翻残金旧日诸宫调本，才入时人听"，则金人所赋《西厢》词，自为诸宫调，其证二也。此书体例，求之古曲，无一相似。独元王伯成《天宝遗事》，见于《雍熙乐府》、《九宫大成》所选者，大致相同。而元钟嗣成《录鬼簿》（卷上）于王伯成条下注云："有《天宝遗事诸宫调》行于世。"王词既为诸宫调，则董词之为诸宫调无疑，其证三也。其所以名诸宫调者，则由宋人所用大曲传踏，不过一曲，其为同一宫调中甚明；唯此编每宫调中，多或十余曲，少或一二曲；即易他宫调，合若干宫调以咏一事，故谓之诸宫调。今录二三调以示其例：

〔出队子·黄钟宫〕：最苦是离别，彼此心头难弃舍。莺莺哭得似痴呆，脸上啼痕都是血，有千种恩情何处说。夫人道"天晚教郎疾去"，怎奈红娘心似铁，把莺莺扶上七香车。君瑞攀鞍空自撷，道得个冤家宁奈些。"

〔尾〕马儿登程，坐车儿归舍。马儿往西行，坐车儿往东拽，两口儿一步儿离得远如一步也。

〔仙吕调·点绛唇〕〔缠令〕美满生离，据鞍兀兀离肠痛。旧欢新宠，变作高唐梦。回首孤城，依约青山拥。西风送，戍楼寒重，初品〔梅花弄〕。

〔瑞莲儿〕衰草凄凄一径通，丹枫索索满林红。平生踪迹无定着，如断蓬。听塞鸿，哑哑的飞过暮云重。

〔风吹荷叶〕忆得枕鸳衾凤，今宵管半壁儿没用。触目凄凉千万种：见滴流流的红叶，淅零零的微雨，率剌剌的西风。

〔尾〕驴鞭半袅，吟肩双耸，休问离愁轻重，向个马儿上驼也驼不动。（离蒲西行三十里，日色晚矣，野景堪画。）

〔仙吕调·赏花时〕落日平林噪晚鸦，风袖翩翩催瘦马，一径入天涯，荒凉古岸，衰草带霜滑。瞥见个孤林端入画，篱落萧疏带浅沙，一个老大伯捕鱼虾，横桥流水，茅舍映荻花。

〔尾〕驼腰的柳树上有鱼槎，一竿风旆茅檐上挂。澹烟潇洒，横锁着两三家。（生投宿于村落。）

此上八曲，已易三调，全书体例皆如是。此于叙事最为便利，盖大曲等先有曲，而后人借以咏事。此则制曲之始，本为叙事而设，故宋金杂剧院本中，后亦用之，（见后二章）非徒供说唱之用而已。

宋人乐曲之不限一曲者，诸宫调之外，又有赚词。赚词者，取一宫调之曲若干，合之以成一全体。此体久为世人所不知，案《梦粱录》（卷二十）：“绍兴年间，有张五牛大夫，因听动鼓板中有〔太平令〕或赚鼓板，即今拍板大节抑扬处是也，遂撰为赚。赚者，误赚之之义，正堪美听中，不觉已至尾声，是不宜为片序也。又有覆赚，其中变花前月下之情，及铁骑之类。”云云。是唱赚之中，亦有敷演故事者，今已不传。其常用赚词，余始于《事林广记》（日本翻元泰定本戊集卷二）中发现之。其前且有唱赚规例，今具录如左：

（遏云要诀）“夫唱赚一家，古谓之道赚。腔必真，字必正。欲有墩亢掣拽之殊，字有唇喉齿舌之异，抑分轻清重浊之声，必别合口半合口之字，更忌马嚣鞱子，俗语乡谈。如对圣案，但唱乐道、山居、水居、清雅之词，切不可以风情花柳艳冶之曲；如此，则为渎圣。社条不赛，筵会吉席，上寿庆贺，不在此限。假如未唱之初，执拍当胸，不可高过鼻，须假鼓板村拨，三拍起引子，唱头一句。又三拍至两片结尾，三拍煞；入序，尾，三拍巾斗煞；入赚，头一字当一拍，第一片三拍，后仿此。出赚三拍，出声巾斗又三拍煞。尾声，总十二拍：第一句四拍，第二句五拍，第三句三拍煞。此一定不逾之法。”

遏云致语（筵会用）〔鹧鸪天〕

遇酒当歌酒满斟，一觞一咏乐天真，三杯五盏陶情性，对月临风自赏心。环列处，总佳宾，歌声缭亮遏行云，春风满座知音者，一曲教君侧耳听。

圆社市语〔中吕宫·圆里圆〕

〔紫苏丸〕相逢闲暇时，有闲的打唤瞒儿，呵喝啰声嗽道膁厮，俺嗏欢喜，才下脚，须和美。试问伊家，有甚夹气，又管甚官场侧背，算人间落花流水。

〔缕缕金〕把金银锭打旋起，花星临照我，怎弹避？近日间游戏，因到花市帘儿下，瞥见一个表儿圆，咱每便着意。

〔好女儿〕生得宝妆跷，身分美，绣带儿缠脚，更好肩背。画眉儿入鬓春山翠。带着粉钳儿，更绾个朝天髻。

〔大夫娘〕忙入步，又迟疑，又怕五角儿冲撞我没跷踢。网儿尽是札，圆底都松例，要抛声忒壮果难为，真个费脚力。

〔好孩儿〕供送饮三杯，先入气，道今宵打歇处，把人拍惜。怎知他水脉透不由得你。咱们只要表儿圆时，复地一合儿美。

〔赚〕春游禁陌，流莺往来穿梭戏，紫燕归巢，叶底桃花绽蕊。赏芳菲，蹴秋千高而不远，似踏火不沾地，见小池，风摆荷叶戏水。素秋天气，正玩月斜插花枝，赏登高佶料沙羔美，最好当场落帽，陶潜菊绕篱。仲冬时，那孩儿忌酒怕风，帐幕中缠脚忒稔腻。讲论处，下梢团圆到底，怎不则剧。

〔越恁好〕勘脚并打二，步步随定伊，何曾见走衮，你于我，我与你，场场有踢，没些拗背。两个对垒，天生不枉作一对。脚头果然厮稠密。

〔鹘打兔〕从今后一来一往，休要放脱些儿，又管甚搅闲底拽，闲定白打膁厮，有千般解数，真个难比。

骨自有

〔尾声〕五花丛里英雄辈，倚玉偎香不暂离，做得个风流第一。

《事林广记》虽载此词，然不著其为何时人所作。以余考之，则当出南渡之后。词前有“遏云要诀”，遏云者，南宋歌社之名。《武林旧事》（卷三）“二月八日，为相川张王生辰，霍山行宫朝拜极盛，百戏竞集。如绯绿社（杂剧）、齐云社（蹴球）、遏云社（唱赚）等”云云。《梦粱录》（卷十九）《社会》条下亦载之。今此词之首，有遏云要诀、遏云致语，又云“唱赚”“道赚”，而词中又有赚词，则为宋遏云社所唱赚词无疑也。所唱之曲，题为“圆社市语”。圆社，谓蹴球，《事林广记》戍集（卷二）《圆社摸场》条，起四句云：“四海齐云社，当场蹴气球，作家偏著所，圆社最风流。”今曲题如此，而曲中所使，皆蹴球家语，则圆社为齐云社无疑。以遏云社之人，唱齐云社之事，谓非南宋人所作不可也。此词自其结构观之，则似北曲；自其曲名，则疑为南曲。盖其用一宫调之曲，颇似北曲套数。其曲名则〔缕缕金〕〔好孩儿〕〔越恁好〕三曲，均在南曲中吕宫，〔紫苏丸〕则在南曲仙吕宫，北曲中无此数调。〔鹘打兔〕则南北曲皆有，唯皆无〔大夫娘〕一曲。盖南北曲之形式及材料，在南宋已全具矣。

第五章　宋官本杂剧段数

由前三章研究之所得，而后宋之戏曲，可得而论焉。戏曲之作，不能言其始于何时。宋《崇文总目》（卷一）已有周优人《曲辞》二卷。原释云："周吏部侍郎赵上交，翰林学士李昉，谏议大夫刘陶，司勋郎中冯古，纂录燕优人曲辞。"此燕为刘守光之燕，或契丹之燕，其曲辞为乐曲或戏曲，均不可考。《宋史·乐志》亦言真宗不喜郑声，而或为杂剧词，未尝宣布于外。《梦粱录》（卷二十）亦云"向者汴京教坊大使孟角球，曾做杂剧本子，葛守诚撰四十大曲。"则北宋固确有戏曲。然其体裁如何，则不可知。惟《武林旧事》（卷十）所载官本杂剧段数，多至二百八十本。今虽仅存其目，可以窥两宋戏曲之大概焉。

就此二百八十本精密考之，则其用大曲者一百有三，用法曲者四，用诸宫调者二，用普通词调者三十有五。兹分别叙之。大曲一百有三本：

〔六么〕二十本（案《宋史·乐志》、《文献通考·教坊部》

十八调中，中吕调、南吕调、仙吕调，均有〔绿腰〕大曲。六么，即其略字也）。

《争曲六么》《扯拦六么》《教鳌六么》《鞭帽六么》《衣笼六么》《厨子六么》《孤夺旦六么》《王子高六么》《崔护六么》《骰子六么》《照道六么》《莺莺六么》《大宴六么》《驴精六么》《女生外向六么》《慕道六么》《三偌慕道六么》《双栏哮六么》《赶厥夹六么》《羹汤六么》。

〔瀛府〕六本（《宋史·乐志》及《通考·教坊部》十八调中，正宫、南吕宫中，均有〔瀛府〕大曲。）

《索拜瀛府》《厚熟瀛府》《哭骰子瀛府》《醉院君瀛府》《懊骨头瀛府》《赌钱望瀛府》。

〔梁州〕七本（《宋史·乐志》及《通考·教坊部》十八调中，正宫调、道调宫、仙吕宫、黄钟宫，均有〔梁州〕大曲。）

《四僧梁州》《三索梁州》《诗曲梁州》《头钱梁州》《食店梁州》《法事馒头梁州》《四哮梁州》。

〔伊州〕五本（《宋史·乐志》及《通考·教坊部》十八调，越调、歇指调中，均有〔伊州〕大曲。）

《领伊州》《铁指甲伊州》《闹伍伯伊州》《裴少俊伊州》《食店伊州》。

〔新水〕四本（《宋史·乐志》及《通考·教坊部》十八调，双调中有〔新水调〕大曲。“新水”，即〔新水调〕之略也。）

《桶担新水》《双哮新水》《烧花新水》《新水爨》。

〔薄媚〕九本（《宋史·乐志》及《通考·教坊部》十八调，

道调宫、南吕宫中，均有〔薄媚〕大曲。）

《简帖薄媚》《请客薄媚》《错取薄媚》《传神薄媚》《九妆薄媚》《本事现薄媚》《打调薄媚》《拜褥薄媚》《郑生遇龙女薄媚》。

〔大明乐〕三本（《宋史·乐志》及《通考·教坊部》十八调，大石调中有〔大明乐〕大曲。）

《土地大明乐》《打球大明乐》《三爷老大明乐》。

〔降黄龙〕五本（案《宋史·乐志》及《通考·教坊部》大曲中，无〔降黄龙〕之名。然张炎《词源》卷下云："如〔六么〕，如〔降黄龙〕，皆大曲。"又云"大曲〔降黄龙〕花十六，当用十六拍。"今《董西厢》及南北曲均有〔降黄龙衮〕一调，衮者，大曲中一遍之名，则此五本为大曲无疑。）

《列女降黄龙》《双旦降黄龙》《柳玭上官降黄龙》《入寺降黄龙》《偷标降黄龙》。

〔胡渭州〕四本（《宋史·乐志》及《通考·教坊部》十八调，小石调、林钟商中均有〔胡渭州〕大曲。）

《赶厥胡渭州》《单番将胡渭州》《银器胡渭州》《看灯胡渭州》。

〔石州〕三本（《宋史·乐志》及《通考·教坊部》十八调，越调中有〔石州〕大曲。）

《单打石州》《和尚那石州》《赶厥石州》。

〔大圣乐〕三本（《宋史·乐志》及《通考·教坊部》十八调，道调宫中有〔大圣乐〕大曲。）

《塑金刚大圣乐》《单打大圣乐》《柳毅大圣乐》。

〔中和乐〕四本（《宋史·乐志》及《通考·教坊部》

十八调，黄钟宫中有〔中和乐〕大曲。）

《霸王中和乐》《马头中和乐》《大打调中和乐》《封陟中和乐》。

〔万年欢〕二本（《宋史·乐志》及《通考·教坊部》十八调，中吕宫中有〔万年欢〕大曲）。

《喝贴万年欢》《托合万年欢》。

〔熙州〕三本（案《宋史·乐志》及《通考·教坊部》十八调，四十大曲中无〔熙州〕之名。然洪迈《容斋随笔》卷十四云："今世所传大曲，皆出于唐。而以州名者五：伊、凉、熙、石、渭也。"周邦彦《片玉词》有〔氐州第一〕词。毛晋注《清真集》作〔熙州摘遍〕，是氐州即熙州。摘遍者，谓摘大曲之一遍为之，亦宋人语，则〔熙州〕之为大曲审矣）。

《迓鼓熙州》《骆驼熙州》《二郎熙州》。

〔道人欢〕四本（《宋史·乐志》及《通考·教坊部》十八调，中吕调中有〔道人欢〕大曲。）

《大打调道人欢》《会子道人欢》《打拍道人欢》《越娘道人欢》。

〔长寿仙〕三本（《宋史·乐志》及《通考·教坊部》十八调，般涉调中有〔长寿仙〕大曲。）

《打勘长寿仙》《偌卖旦长寿仙》《分头子长寿仙》。

〔剑器〕二本（《宋史·乐志》及《通考·教坊部》十八调，中吕宫、黄钟宫中，均有〔剑器〕大曲。）

《病爷老剑器》《霸王剑器》。

〔延寿乐〕二本（《宋史·乐志》及《通考·教坊部》十八调，仙吕宫中有〔延寿乐〕大曲。）

《黄杰进延寿乐》《义养娘延寿乐》。

〔贺皇恩〕二本（《宋史·乐志》及《通考·教坊部》十八调，林钟商中有〔贺皇恩〕大曲。）

《扯篮儿贺皇恩》《催妆贺皇恩》。

〔采莲〕三本（《宋史·乐志》及《通考·教坊部》十八调，双调中有〔采莲〕大曲。）

《唐辅采莲》《双哮采莲》《病和采莲》。

〔保金枝〕一本（《宋史·乐志》及《通考·教坊部》十八调，仙吕宫中有〔保金枝〕大曲。）

《槛偌保金枝》。

〔嘉庆乐〕一本（《宋史·乐志》及《通考·教坊部》十八调，小石调中有〔嘉庆乐〕大曲。）

《老孤嘉庆乐》。

〔庆云乐〕一本（《宋史·乐志》及《通考·教坊部》十八调，歇指调中有〔庆云乐〕大曲。）

《进笔庆云乐》。

〔君臣相遇乐〕一本（《宋史·乐志》及《通考·教坊部》十八调，歇指调中有〔君臣相遇乐〕大曲。“相遇乐”，即〔君臣相遇乐〕之略也）。

《裴航相遇乐》。

〔泛清波〕一本（《宋史·乐志》及《通考·教坊部》十八调，钟林商中有〔泛清波〕大曲。）

《能知他泛清波》《三钓鱼泛清波》。

〔彩云归〕二本（《宋史·乐志》及《通考·教坊部》十八调，仙吕调中有〔彩云归〕大曲。）

《梦巫山彩云归》《青阳观碑彩云归》。

〔千春乐〕一本(《宋史·乐志》及《通考·教坊部》十八调，黄钟羽中有〔千春乐〕大曲。)

《禾打千春乐》。

〔罢金钲〕一本(《宋史·乐志》及《通考·教坊部》十八调，南吕调中有〔罢金钲〕大曲。)

《牛五郎罢金钲》(原作〔罢金征〕，误也)。

以上百有三本，皆为大曲。其为曲二十有八，而其中二十六，在《教坊部》四十大曲中。余如〔降黄龙〕、〔熙州〕二曲之为大曲，亦有宋人之说可证也。

法曲四本：

《棋盘法曲》《孤和法曲》《藏瓶法曲》《车儿法曲》。

《宋史·乐志》有法曲部。其曲二：一曰〔道调宫·望瀛〕，二曰〔小石调·献仙音〕。《词源》(卷下)谓大曲片数(即遍数)与法曲相上下，则二者略相似也。

诸宫调二本：

《诸宫调霸王》《诸宫调卦册儿》。

按此即以诸宫调填曲也。

普通词调三十本(今于词调之下加点为识)：

《打地铺逍遥乐》《病郑逍遥乐》《崔护逍遥乐》《蹇湎逍遥乐》《四郑舞杨花》《四偌满皇州》(原脱满字)、《浮沤暮云归》《五柳菊花新》《四季夹竹桃》《醉花阴爨》《夜半乐爨》《木兰花爨》《月当厅爨》《醉还醒爨》《扑蝴蝶爨》《满皇州卦铺儿》《白苎卦铺儿》《探春卦铺儿》《三哮好女儿》《二郎神变二郎神》《大双头莲》《小双头莲》《三笑月中行》《三登乐院公狗儿》《三教安公子》《普天乐打三教》《满皇州打三教》《三姐醉还醒》《三姐黄莺儿》《卖花黄莺儿》。

其不见宋词，而见于金元曲调者九本：

《四小将整乾坤》《棹孤舟爨》《庆时丰卦铺儿》《三哮上小楼》《鹘打兔变二郎神》《双罗罗啄木儿》《赖房钱啄木儿》《围城啄木儿》《四国朝》。

此外有不著其名，而实用曲调者。如《三十拍爨》则李涪《刊误》云："牖酒三十拍，促曲名〔三台〕。"则实用〔三台〕曲也。《三十六拍爨》当亦仿此。《钱手帕爨》注云："小字〔太平歌〕"，则用〔太平歌〕曲也。余如《两相宜万年芳》之〔万年芳〕,《病孤三乡题》《王魁三乡题》《强偌三乡题》之〔三乡题〕,《三哮文字儿》之〔文字儿〕，虽词曲调中，均不见其名，以他本例之，疑亦俗曲之名也。又如《崔智韬艾虎儿》《雌虎》(原注云：崔智韬）二本，并不见有用歌曲之迹，而关汉卿《谢天香》杂剧楔子曰："郑六遇妖狐，崔韬逢雌虎，大曲内尽是寒儒。"则此二本之一，当以大曲演之。此外各本之类此者，当亦不乏也。

由此观之，则此二百八十本中，其用大曲、法曲、诸宫调、词曲调者，共一百五十余本，已过全数之半，则南宋杂剧，殆多以歌曲演之，与第二章所载滑稽戏迥异。其用大曲、法曲、诸宫调者，则曲之片数颇多，以敷衍一故事，自觉不难，其单用词调及曲调者，只有一曲，当以此曲循环敷演，如上章传踏之例，此在元明南曲中，尚得发见其例也。

且此二百八十本，不皆纯正之戏剧。如《打调薄媚》《大打调中和乐》《大打调道人欢》三本，则刘昌诗《芦浦笔记》

（卷三）谓街市戏谑，有打砌打调之类，实滑稽戏之支流，而佐以歌曲者也。如《门子打三教爨》《双三教》《三教安公子》《三教闹著棋》《打三教庵宇》《普天乐打三教》《满皇州打三教》《领三教》，则演前章所述三教人者也。《讶鼓儿熙州》《讶鼓孤》，则前章所云讶鼓之戏也。《天下太平爨》及《百花爨》，则《乐府杂录》所谓字舞花舞也。案《齐东野语》（卷十）云："州郡遇圣节赐宴，率命猥伎数十，群舞于庭，作天下太平字，殊为不经，而唐王建《宫词》云：'每过舞头分两向，太平万岁字当中。'则此事由来久矣"，云云。可知宋代戏剧，实综合种种之杂戏；而其戏曲，亦综合种种之乐曲，此事观后数章自益明也。

此项官本杂剧，虽著录于宋末，然其中实有北宋之戏曲，不可不知也。如《王子高六么》一本，实神宗元丰以前之作。赵彦卫《云麓漫钞》（卷十）："王迥字子高，旧有周琼姬事，胡徽之为作传，或用其传作〔六么〕。"朱彧《萍洲可谈》（卷一）："王迥美姿容，有才思，少年时不甚持重，间为狎邪辈所诬，播入乐府。今〔六么〕所歌奇俊王家郎者，乃迥也。元丰初，蔡持正举之，可任监司，神宗忽云：'此乃奇俊王家郎乎？'持正叩头请罪。"（又见一宋人小说云：或荐子高于王荆公，公举此语。今不能举其书名。案子高尝从荆公游，则语或近是。）则此曲实作于神宗时，然至南宋末尚存。吴文英《梦窗乙稿》中，〔惜秋华〕词自注尚及之。然其为北宋之作，无可疑也。又如《三爷老大明乐》、《病爷老剑器》二本，爷老二字，中国夙未闻有此，疑是契丹语。《唐书·房琯传》："彼曳落河虽多，岂能当我刘秩等。"愚谓曳落河即《辽史》屡见之拽剌。《辽史·百官志》云："走卒谓之拽剌"，元马致远《荐福碑》杂剧，尚有曳剌，为傔从之属。爷老二字，当亦曳剌之同音异译，此必北宋与辽盟聘时输入之语。则此二本，当亦为北宋之作。以此推之，恐尚不止此数本。然则此二百八十本，与其视为南宋之作，不若视为两宋之作为妥也。

第六章　金院本名目

两宋戏剧，均谓之杂剧，至金而始有院本之名。院本者，《太和正音谱》云："行院之本也。"初不知行院为何语，后读元刊《张千替杀妻》杂剧云："你是良人良人宅眷，不是小末小末行院。"则行院者，大抵金元人谓倡伎所居，其所演唱之本，即谓之院本云尔。院本名目六百九十种，见于陶九成《辍耕录》（卷二十五）者，不言其为何代之作。而院本之名，金元皆有之，故但就其名，颇难区别。以余考之，其为金人所作，殆无可疑者也（见下）。自此目观之，甚与宋官本杂剧段数相似，而复杂过之。其中又分子目若干，曰"和曲院本"者十有四本。其所著曲名，皆大曲法曲，则和曲殆大曲法曲之总名也。曰"上皇院本"者十有四本。其中如《金明池》《万岁山》《错入内》《断上皇》等，皆明示宋徽宗时事，他可类推，则上皇者谓徽宗也。曰"题目院本"者二十本。按题目，即唐以来合生之别名。高承《事物纪原》（卷九）《合生》条言：《唐书·武平一传》平一上书：比来妖伎胡人于御座之前，“或言妃主情貌，或列王公名质，咏歌舞踏，名曰合生。始自王公，稍及闾巷。”即合生之原，起于唐中宗时也。今人亦谓之唱题目云云。此云题目，即唱题目之略也。曰“霸王院本”者六本，疑演项羽之事。曰“诸杂大小院本”者一百八十有九，曰“院么”者二十有一，曰“诸杂院爨”者一百有七。陶氏云：“院本又谓之五花爨弄。”则爨亦院本之异名也。曰“冲撞引首”者一百有九，曰“拴搐艳段”者九十有二。案《梦粱录》（卷二十）云：“杂剧先做寻常熟事一段，名曰艳段；次做正杂剧。”则引首与艳段，疑各相类。艳段，《辍耕录》又谓之焰段。曰：“焰段，亦院本之意，但差简耳。取其如火焰，易明而易灭也。”其所以不得为正杂剧者，当以此；但不知所谓冲撞、拴搐，作何解耳。曰“打略拴搐”者八十有八，曰“诸杂砌”者三十。案《芦浦笔记》谓：“街市戏谑，有打砌、打调之类。”疑杂砌亦滑稽戏之流。然其目则颇多故事，则又似与打砌无涉。《云麓漫钞》（卷八）：“近日优人作杂班，似杂剧而稍简略。金虏官制，有文班武班，若医卜倡优，谓之杂班。每宴集，伶人进，曰杂班上，故流传作此。”然《东京梦华录》已有杂扮之名。《梦粱录》亦云：“杂扮或曰杂班，又名经（当作纽）元子，又谓之拔和，即杂剧之后散段也。顷在汴京时，村落野夫，罕得入城，遂撰此端，多是借装为山东河北村叟，以资笑端。”则自北宋已有之。今“打略拴搐”中，有《和尚家门》《先生家门》《秀才家门》《列良家门》《禾下家门》各种，每种各有数本，疑皆装此种人物以资笑剧，或为杂扮之类；而所谓杂砌者，或亦类是也。

更就其所著曲名分之，则为大曲者十六：

《上坟伊州》《烧花新水》《熙州骆驼》《列良瀛府》《贺贴万年欢》《掷麖降黄龙》《列女降黄龙》（以上和曲院本）

《进奉伊州》（诸杂大小院本）

《闹夹棒六么》《送宣道人欢》《扯彩延寿乐》《讳老长寿仙》

《背箱伊州》《酒楼伊州》《抹面长寿仙》《羹汤六么》（以上诸杂院爨）

为法曲者七：

《月明法曲》《郓王法曲》《烧香法曲》《送香法曲》（以上和曲院本）

《闹夹棒法曲》《望瀛法曲》《分拐法曲》（以上诸杂院爨）

为词曲调者三十有七：

《病郑逍遥乐》《四皓逍遥乐》《四酸逍遥乐》（以上和曲院本）

《春从天上来》（上皇院本）

《杨柳枝》（题目院本）

《似娘儿》《丑奴儿》《马明王》《斗鹌鹑》《满朝欢》《花前饮》《卖花声》《隔帘听》《击梧桐》《海棠春》《更漏子》（以上诸杂大小院本）

《逍遥乐打马铺》《夜半乐打明皇》《集贤宾打三教》《喜迁莺剁草鞋》《上小楼衮头子》《单兜望梅花》《双声叠韵》《河转迓鼓》《和燕归梁》《谒金门爨》（以上诸杂院爨）

《憨郭郎》《乔捉蛇》《天下乐》《山麻秸》《捣练子》《净瓶儿》《调笑令》《斗鼓笛》《柳青娘》（以上冲撞引首）

《归塞北》《少年游》（以上拴搐艳段）

《春从天上来》《水龙吟》（以上打略拴搐）

又“拴搐艳段”中，有一本名《诸宫调》，殆以诸宫调敷演之。则其体裁，全与宋官本杂剧段数相似，唯著曲名者，不及全体十分之一，而官本杂剧则过十分之五，此其相异者也。

此院本名目中，不但有简易之剧，且有说唱杂戏在其间。如：

《讲来年好》《讲圣州序》《讲乐章序》《讲道德经》《讲蒙求爨》《讲心字爨》。

此即推说经诨经之例而广之。他如：

《订注论语》《论语谒食》《擂鼓孝经》《唐韵六帖》。

疑亦此类。又有：

《背鼓千字文》《变龙千字文》《摔盒千字文》《错打千字文》《木驴千字文》《埋头千字文》。

此当取周兴嗣《千字文》中语，以演一事，以悦俗耳，在后世南曲宾白中犹时遇之，盖其由来已古，此亦说唱之类也。又如：

《神农大说药》《讲百果爨》《讲百花爨》《讲百禽爨》。

案《武林旧事》（卷六）载说药有杨郎中，徐郎中，乔七官人，则南宋亦有之。其说或借药名以制曲，或说而不唱，则不可知。至讲百果、百花、百禽，亦其类也。

打略拴搐中，有《星象名》《果子名》《草名》等。以名字终者二十六种，当亦说药之类。又有：

《和尚家门》四本，《先生家门》四本（自其子目观之，先生谓道士也），《秀才家门》十本，《列良家门》六本（列良谓日者），《禾下家门》五本（禾下谓农夫），《大夫家门》八本（大夫谓医士），《卒子家门》四本，《良头家门》二本（良头未详），《邦老家门》二本（邦老谓盗贼），《都子家门》三本（都子谓乞丐），《孤下家门》三本（孤下谓官吏），《司吏家门》二本，《仵作行家门》一本，《撅倈家门》一本（撅倈未详）。

此五十五本，殆摹写社会上种种人物职业，与三教、迓鼓等戏相似。此外如“拴搐艳段”中之《遮截架解》《三打步》《穿百倬》，“打略拴搐”中之《难字儿》《猜谜》等，则并竞技游戏等事而有之。此种或占演剧之一部分，或用为戏剧中之材料，虽不可知，然可见此种戏剧，实综合当时所有之游戏技艺，尚非纯粹之戏剧也。

此院本名目之为金人所用，盖无可疑。《辍耕录》云：“金有杂剧、院本、诸宫调。院本、杂剧，其实一也。国朝院本杂剧，始厘而二之。”今此目之与官本杂剧段数同名者十余种，而一谓之杂剧，一谓之院本，足明其为金之院本，而非元之院本，一证也。中有《金皇圣德》一本，明为金人之作，而非宋元人之作，二证也。如《水龙吟》、《双声叠韵》等之以曲调名者，其曲仅见于《董西厢》，而不见于元曲，三证也。与宋官本杂剧名例相同，足证其为同时之作，四证也。且其中关系开封者颇多，开封者，宋之东都，金之南都，而宣宗贞祐后迁居于此者也，故多演宋汴京时事，“上皇院本”且勿论，他如郓王、蔡奴，汴京之人也，金明池，陈桥，汴京之地也，其中与宋官本杂剧同名者，或犹是北宋之作，亦未可知。然宋金之间，戏剧之交通颇易。如杂班之名，由北而入南，唱赚之作，由南而入北（唱赚始于绍兴间，然《董西厢》中亦多用之）。又如演蔡中郎事者，则南有负鼓盲翁之唱，而院本名目中亦有《蔡伯喈》一本：可知当时戏曲流传，不以国土限也。

第七章　古剧之结构

宋金以前杂剧院本，今无一存。又自其目观之，其结构与后世戏剧迥异，故谓之古剧。古剧者，非尽纯正之剧，而兼有竞技游戏在其中，既如前二章所述矣。盖古人杂剧，非瓦舍所演，则于宴集用之。瓦舍所演者，技艺甚多，不止杂剧一种；而宴集时所以娱耳目者，杂剧之外，亦尚有种种技艺。观《宋史·乐志》《东京梦华录》《梦粱录》《武林旧事》，所载天子大宴礼节可知。即以杂剧言，其种类亦不一。正杂剧之前，有艳段，其后散段谓之杂扮（见第六章），二者皆较正杂剧为简易。此种简易之剧，当以滑稽戏竞技游戏充之，故此等亦时冒杂剧之名，此在后世犹然。明顾起元《客座赘语》谓："南都万历以前，大席则用教坊打院本，乃北曲四大套者。中间错以撮垫圈，舞观音，或百丈旗，或跳队。"明代且然，则宋金固不足怪。但其相异者，则明代竞技等，错在正剧之中间，而宋金则在其前后耳。至正杂剧之数，每次所演，亦复不多。《东京梦华录》谓："杂剧入场，一场两段。"

《梦粱录》亦云："次做正杂剧，通名两段。"《武林旧事》（卷一）所载："天基圣节排当乐次"，亦皇帝初坐，进杂剧二段，再坐，复进二段。此可以例其余矣。

脚色之名，在唐时只有参军、苍鹘，至宋而其名稍繁。《梦粱录》（卷二十）云："杂剧中末泥为长，每一场四人或五人。（中略）末泥色主张，引戏色分付，副净色发乔，副末色打诨。或添一人，名曰装孤。"《辍耕录》（卷二十五）所述略同。唯《武林旧事》（卷一）所载："乾淳教坊乐部"中，杂剧三甲，一甲或八人或五人。其所列脚色五，则有戏头而无末泥，有装旦而无装孤，而引戏'副净'副末三色则同，唯副净则谓之次净耳。《梦粱录》云："杂剧中末泥为长。"则末泥或即戏头；然戏头、引戏，实出古舞中之舞头、引舞，（唐王建《宫词》："舞头先拍第三声"，又："每过舞头分两向"，则舞头唐时已有之。《宋史·乐志》有引舞，亦谓之引舞头。《乐府杂录·傀儡》条有引歌舞者郭郎，则引舞亦始于唐也。）则末泥亦当出于古舞中之舞末。《东京梦华录》（卷九）云："舞旋多是雷中庆，舞曲破攧前一遍，舞者入场，至歇拍，一人入场，对舞数拍，前舞者退，独后舞者终其曲，谓之舞末。"末之名当出于此。又长言之则为末泥也。净者，参军之促音，宋代演剧时，参军色手执竹竿子以句之（见《东京梦华录》卷九），亦如唐代协律郎之举麾乐作，偃麾乐止相似，故参军亦谓之竹竿子。由是观之，则末泥色以主张为职，参军色以指麾为职，不亲在搬演之列。故宋戏剧中净、末二色，反不如副净、副末之著也。

唐之参军、苍鹘，至宋而为副净、副末二色。夫上既言净为参军之促音，兹何故复以副净为参军也？曰：副净本净之副，故宋人亦谓之参军。《梦华录》中执竹竿子之参军，当为净；而第二章滑稽剧中所屡见之参军，则副净也。此说有征乎？曰：《辍耕录》云："副净古谓之参军，副末古谓之苍鹘，鹘能击禽鸟，末可打副净。"此说以第二章所引《夷坚志》（丁集卷四）、《桯史》（卷七）、《齐东野语》（卷十三）诸事证之，无乎不合；则参军之为副净，当可信也。故净与末，始见于宋末诸书；而副净与副末，则北宋人著述中已见之。黄山谷〔鼓笛令〕词云："副靖传语木大，鼓儿里且打一和。"王直方《诗话》（《苕溪渔隐丛话》前集卷二十引）载："欧阳公致梅圣俞简云：'正如杂剧人，上名下韵不来，须副末接续。'"凡宋滑稽剧中，与参军相对待者，虽不言其为何色，其实皆为副末。此出于唐代参军与苍鹘之关系，其来已古。而《梦粱录》所谓末泥色主张，引戏色分付，副净色发乔，副末色打诨，此四语实能道尽宋代脚色之职分也。主张、分付，皆编排命令之事，故其自身不复演剧。发乔者，盖乔作愚谬之态，以供嘲讽；而打诨，则益发挥之以成一笑柄也。试细玩第二章所载滑稽剧，无在不可见发乔打诨二者之关系。至他种杂剧，虽不知如何，然谓副净、副末二色，为古剧中最重之脚色，无不可也。

至装孤、装旦二语，亦有可寻味者，元人脚色中有孤有旦，其实二者非脚色之名；孤者，当时官吏之称，旦者，妇女之称。其假作官吏妇女者，谓之装孤、装旦则可；若径谓之孤与旦，则已过矣。孤者，当以帝王官吏自称孤寡，故谓之孤；旦与妲不知其义。然《青楼集》谓张奔儿为风流旦，李娇儿为温柔旦，则旦疑为宋元倡伎之称。优伶本非官吏，又非妇人，故其假作官吏妇人者，谓之装孤、装旦也。

要之：宋杂剧、金院本二目所现之人物，若妲、若旦、若徕，则示其男女及年齿；若孤、若酸、若爷老、若邦老，则示其职业及位置；若厥、若偌，则示其性情举止（其解均见拙著《古剧脚色考》）；若哮、若郑、若和，虽不解其义，亦当有所指示。然此等皆有某脚色以扮之，而其自身非脚色之名，则可信也。

宋杂剧、金院本二目中，多被以歌曲。当时歌者与演者，果一人否，亦所当考也。滑稽剧之言语，必由演者自言之；至自唱歌曲与否，则当视此时已有代言体之戏曲否以为断。若仅有叙事体之曲，则当如第四章所载史浩《剑舞》，歌唱与动作，分为二事也。

综上所述者观之，则唐代仅有歌舞剧及滑稽剧，至宋金二代而始有纯粹演故事之剧。故吾谓真正之戏剧起于宋代，无不可也。然宋金演剧之结构，虽略如上，而其本则无一存。故当日已有代言体之戏曲否，已不可知。而论真正之戏曲，不能不从元杂剧始也。

第八章　元杂剧之渊源

由前数章之说，则宋金之所谓杂剧院本者，其中有滑稽戏，有正杂剧，有艳段，有杂班，又有种种技艺游戏。其所用之曲，有大曲，有法曲，有诸宫调，有词，其名虽同，而其实颇异。至成一定之体段，用一定之曲调，而百馀年间无敢逾越者，则元杂剧是也。

元杂剧之视前代戏曲之进步，约而言之，则有二焉。宋杂剧中用大曲者几半。大曲之为物，遍数虽多，然通前后为一曲，其次序不容颠倒，而字句不容增减，格律至严，故其运用亦颇不便。其用诸宫调者，则不拘于一曲。凡同在一宫调中之曲，皆可用之。顾一宫调中，虽或有联至十余曲者，然大抵用二三曲而止。移宫换韵，转变至多，故于雄肆之处，稍有欠焉。元杂剧则不然，每剧皆用四折，每折易一宫调，每调中之曲，必在十曲以上；其视大曲为自由，而较诸宫调为雄肆。且于正宫之〔端正好〕〔货郎儿〕〔煞尾〕，仙吕宫之〔混江龙〕〔后庭花〕〔青哥儿〕，南吕宫之〔草池春〕〔鹌鹑儿〕〔黄钟尾〕，中吕宫之〔道和〕，双调之□□□、〔折桂令〕〔梅花酒〕〔尾声〕，共十四曲；皆字句不拘，可以增损，此乐曲上之进步也。其二则由叙事体而变为代言体也。宋人大曲，就其现存者观之，皆为叙事体；金之诸宫调，虽有代言之处，而其大体只可谓之叙事。独元杂剧于科白中叙事，而曲文全为代言。虽宋金时或当已有代言体之戏曲，而就现存者言之，则断自元剧始，不可谓非戏曲上之一大进步也。此二者之进步，一属形式，一属材质，二者兼备，而后我中国之真戏曲出焉。

顾自元剧之进步言之，虽若出于创作者，然就其形式分析观之，则颇不然。元剧所用曲，据周德清《中原音韵》所纪，则黄钟宫二十四章，正宫二十五章，大石调二十一章，小石调五章，仙吕四十二章，中吕三十二章，南吕二十一章，双调一百章，越调三十五章，商调十六章，商角调六章，般涉调八章，都三百三十五章（章即曲也）。而其中小石、商角、般涉三调，元剧中从未用之。故陶九成《辍耕录》（卷二十七）无此三调之曲，仅有正宫二十五章，黄钟十五章，南吕二十章，中吕三十八章，仙吕三十六章，商调十六章，大石十九章，双调六十章，都二百三十章。二者不同。观《太和正音谱》所录，全与《中原音韵》同。则以曲言之，陶说为未备矣。然剧中所用，则出于陶《录》二百三十章外者甚少。此外百馀章，不过元人小令套数中用之耳。今就此三百三十五章研究之，则其曲为前此所有者几半。更分析之，则出于大曲者十一：

〔降黄龙衮〕（黄钟）

〔小梁州〕〔六么遍〕（以上正宫）

〔催拍子〕（大石）〔伊州遍〕（小石）

〔八声甘州〕〔六么序〕〔六么令〕（以上仙吕）

〔普天乐〕（《宋史·乐志》太宗撰大曲，有《平晋普天乐》，此或其略语也）、〔齐天乐〕（以上中吕）

〔梁州第七〕（南吕）。

出于唐宋词者七十有五：

〔醉花阴〕〔喜迁莺〕〔贺圣朝〕〔昼夜乐〕〔人月圆〕〔抛球乐〕〔侍香金童〕〔女冠子〕（以上黄钟宫）

〔滚绣球〕〔菩萨蛮〕（以上正宫）

〔归塞北〕（即词之〔望江南〕）、〔雁过南楼〕（晏殊《珠玉词》〔清商怨〕中有此句，其调即词之

〔清商怨〕）、〔念奴娇〕〔青杏儿〕（宋词作〔青杏子〕）、〔还京乐〕〔百字令〕（以上大石）

〔点绛唇〕〔天下乐〕〔鹊踏枝〕〔金盏儿〕（词作〔金盏子〕）、〔忆王孙〕〔瑞鹤仙〕〔后庭花〕〔太常引〕〔柳外楼〕（即〔忆王孙〕）（以上仙吕）

〔粉蝶儿〕〔醉春风〕〔醉高歌〕〔上小楼〕〔满庭芳〕〔剔银灯〕〔柳青娘〕〔朝天子〕（以上中吕）

〔乌夜啼〕〔感皇恩〕〔贺新郎〕（以上南吕）〔驻马听〕

〔夜行船〕〔月上海棠〕〔风入松〕〔万花方三台〕〔滴滴金〕〔太清歌〕〔捣练子〕〔快活年〕（宋词作〔快活年近拍〕）、〔豆叶黄〕〔川拨棹〕（宋词作〔拨棹子〕）、〔金盏儿〕〔也不罗〕（原注即〔野落索〕。案其调即宋词之〔一落索〕也）、〔行香子〕〔碧玉萧〕〔骤雨打新荷〕〔减字木兰花〕〔青玉案〕〔鱼游

春水〕(以上双调)

〔金蕉叶〕〔小桃红〕〔三台印〕〔耍三台〕〔梅花引〕〔看花回〕〔南乡子〕〔糖多令〕(以上越调)

〔集贤宾〕〔逍遥乐〕〔望远行〕〔玉抱肚〕〔秦楼月〕(以上商调)

〔黄莺儿〕〔踏莎行〕〔垂丝钓〕〔应天长〕(以上商角调)

〔哨遍〕〔瑶台月〕(以上般涉调)

其出于诸宫调中各曲者,二十有八:

〔出队子〕〔刮地风〕〔寨儿令〕〔神仗儿〕〔四门子〕〔文如锦〕〔啄木儿煞〕(以上黄钟)

〔脱布衫〕(正宫)

〔荼蘼香〕〔玉翼蝉煞〕(以上大石)

〔赏花时〕〔胜葫芦〕〔混江龙〕(以上仙吕)

〔迎仙客〕〔石榴花〕〔鹘打兔〕〔乔捉蛇〕(以上中吕)

〔一枝花〕〔牧羊关〕(以上南吕)

〔搅筝琶〕〔庆宣和〕(以上双调)

〔斗鹌鹑〕〔青山口〕〔凭栏人〕〔雪里梅〕(以上越调)

〔耍孩儿〕〔墙头花〕〔急曲子〕〔麻婆子〕(以上般涉调)

然则此三百三十五章,出于古曲者一百有十,殆当全数之三分之一。虽其词字句之数,或与古词不同,当由时代迁移之故;其渊源所自,要不可诬也。此外曲名,尚有虽不见于古词曲,而可确知其非创造者如下:

〔六国朝〕(大石) 曾敏行《独醒杂志》(卷五):"先君尝言宣和末客京师,街巷鄙人,多歌蕃曲,名曰〔异国朝〕〔四国朝〕〔六国朝〕〔蛮牌序〕〔蓬蓬花〕等。其言至俚,一时士大夫亦皆歌之。”则汴宋末已有此曲也。

〔憨郭郎〕（大石）

《乐府杂录·傀儡子》条云：“其引歌舞有郭郎者，发正秃，善优笑，闾里呼为郭郎，凡剧场必在俳儿之首也。”《后山诗话》载杨大年《傀儡诗》：“鲍老当筵笑郭郎”，则宋时尚有之，其曲当出宋代也。

〔叫声〕（中吕）

《事物纪原》（卷九）《吟叫》条：“嘉祐末，仁宗上仙”，“四海遏密，故市井初有叫果子之戏。其本盖自至和嘉祐之间叫〔紫苏丸〕，洎乐工杜人经‘十叫子’始也。京师凡卖一物，必有声韵，其吟哦俱不同；故市人采其声调，间以词章，以为戏乐也。今盛行于世，又谓之吟哦也。”《梦粱录》（卷二十）：“今街市与宅院，往往效京师叫声，以市井诸色歌叫卖合之声，采合宫商，成其词也。”

〔快活三〕（中吕）

《东京梦华录》（卷七）：关扑“有名者，任大头、快活三之类。”《武林旧事》（卷二）“舞队”有《快活三郎》《快乐三娘》二种，盖亦宋时语也。

〔鲍老儿〕〔古鲍老〕（中吕）杨文公诗：“鲍老当筵笑郭郎。”《武林旧事》（卷二）“舞队”中有《大小斫刀鲍老》《交衮鲍老》，则亦宋时语也。

〔四边静〕（中吕）

《云麓漫钞》（卷四）：“巾之制，有圆顶、方顶、砖顶、琴顶，秦伯阳又以砖顶服去顶上之重纱，谓之四边净。”则此亦宋时语也。

〔乔捉蛇〕（中吕）

《武林旧事》（卷二）“舞队”中有《乔捉蛇》，金人院本名目中，亦有《乔捉蛇》一本。

〔拨不断〕（仙吕）

《武林旧事》（卷六）：“唱〔拨不断〕”有张胡子、黄三二人，则亦宋时旧曲也。

〔太平令〕（仙吕）

《梦粱录》（卷二十）：“绍兴年间，有张五牛大夫，因听动鼓板中有〔太平令〕或赚鼓板”，“遂撰为赚。”则亦宋时旧曲也。

此上十章，虽不见于现存宋词中，然可证其为宋代旧曲，或为宋时习用之语，则其有所本，盖无可疑。由此推之，则其他二百十馀章，其为宋金旧曲者，当复不鲜，特无由证明之耳。

虽元剧诸曲配置之法，亦非尽由创造。《梦粱录》谓宋之缠达，引子后只有两腔，迎互循环。今于元剧仙吕宫、正宫中曲，实有用此体例者。今举其例：如马致远《陈抟高卧》剧第一折，（仙吕）第五曲名，实以〔后庭花〕〔金盏儿〕二曲迎互循环。今举其全折之曲名：

〔仙吕·点绛唇〕〔混江龙〕〔油葫芦〕〔天下乐〕〔醉中天〕〔后庭花〕〔金盏儿〕〔后庭花〕〔金盏儿〕〔醉中天〕〔金盏儿〕〔赚煞〕。

郑廷玉《看钱奴买冤家债主》第二折，则其例更明。

〔正宫·端正好〕〔滚绣球〕〔倘秀才〕〔滚绣球〕〔倘秀才〕〔滚绣球〕〔倘秀才〕〔滚绣球〕〔倘秀才〕〔塞鸿秋〕〔随煞〕。

此中〔端正好〕一曲，当宋缠达中之引子，而以〔滚绣球〕〔倘秀才〕二曲循环迎互，至于四次，〔随煞〕则当缠达之尾声，唯其上多〔塞鸿秋〕一曲。《陈抟高卧》剧之第四折亦然。其全折之曲名如下：

〔正宫·端正好〕〔滚绣球〕〔倘秀才〕〔滚绣球〕〔倘秀才〕〔叨叨令〕〔倘秀才〕〔滚绣球〕〔倘秀才〕〔滚绣球〕〔倘秀才〕〔三煞〕〔二煞〕〔煞尾〕。

元刊无名氏《张千替杀妻》杂剧第二折亦同。

〔端正好〕〔滚绣球〕〔倘秀才〕〔滚绣球〕〔倘秀才〕〔滚绣球〕〔倘秀才〕〔滚绣球〕〔叨叨令〕〔尾声〕。

此亦皆以〔滚绣球〕〔倘秀才〕二曲相循环，中唯杂以〔叨叨令〕一曲。他剧正宫曲中之相循环者，亦皆用此二曲，故《中原音韵》于此二曲下皆注“子母调”。此种自宋代缠达出，毫无可疑。可知元剧之构造，实多取诸旧有之形式也。

且不独元剧之形式为然；即就其材质言之，其取诸古剧者不少。兹列表以明之：（编者注：图略）

今元剧目录之见于《录鬼簿》《太和正音谱》者，共五百馀种。而其与古剧名相同，或出于古剧者，共三十二种。且古剧之目，存亡恐亦相半，则其相同者，想尚不止于此也。

由元剧之形式材料两面研究之，可知元剧虽有特色，而非尽出于创造；由是其创作之时代，亦可得而略定焉。

第九章　元剧之时地

元杂剧之体，创自何人，不见于纪载。钟嗣成《录鬼簿》所著录，以关汉卿为首。宁献王《太和正音谱》以马致远为首。然《正音谱》之评曲也，于关汉卿则云："观其词语，乃可上可下之才；盖所以取者，初为杂剧之始，故卓以前列。"盖《正音谱》之次第，以词之甲乙论，而非以时代之先后。其以汉卿为杂剧之始，固与《录鬼簿》同也。汉卿时代，颇多异说。杨铁崖《元宫词》云："开国遗音乐府传，白翎飞上十三弦，大金优谏关卿在，《伊尹扶汤》进剧编。"此关卿当指汉卿而言。虽《录鬼簿》所录汉卿杂剧六十本中，无《伊尹扶汤》，而郑光祖所作杂剧目中有之，然马致远《汉宫秋》杂剧中有云："不说它《伊尹扶汤》，则说那《武王伐纣》。"案《武王伐纣》乃赵文殷所作杂剧，则《伊尹扶汤》亦必为杂剧之名。马致远时代，在汉卿之后，郑光祖之前，则其所云《伊尹扶汤》剧，自当为关氏之作，而非郑氏之作。其不见于《录鬼簿》者，亦犹其所作《窦娥冤》《续西厢》等，亦末为钟氏所著录也。杨诗云云，正指汉卿，则汉卿固逮事金源矣。《录鬼簿》云："汉卿，大都人，太医院尹。"明蒋仲舒《尧山堂外纪》（卷六十八）则云："金末为太医院尹，金亡不仕。"则不知所据。据《辍耕录》（卷二十三）则汉卿至中统初尚存。案自金亡至元中统元年，凡二十六年。果使金亡不仕，则似无于元代进杂剧之理。宁视汉卿生于金代，仕元，为太医院尹，为稍当也。又《鬼董》五卷末，有元泰定丙寅临安钱孚跋，云"关解元之所传"，后人皆以解元为即汉卿。《尧山堂外纪》遂误以此书为汉卿所作。钱氏《元史艺文志》仍之。案解元之称，始于唐；而其见于正史也，始于《金史·选举志》。金人亦喜称人为解元，如董解元是已。则汉卿得解，自当在金末。若元则唯太宗九年（金亡后三年）秋八月一行科举，后废而不举者七十八年。至仁宗延祐元年八月，始复以科目取士，遂为定制。故汉卿得解，即非在金世，亦必在蒙古太宗九年。至世祖中统之初，固已垂老矣。杂剧苟为汉卿所创，则其创作之时，必在金天兴与元中统间二三十年之中，此可略得而推测者也。

《正音谱》虽云汉卿为杂剧之始，然汉卿同时，杂剧家业已辈出，此未必由新体流行之速，抑由元剧之创作诸家亦各有所尽力也。据《录鬼簿》所载，于杨显之则云"与汉卿莫逆交，凡有珠玉，与公较之"；于费君祥则云"与汉卿交，有《爱女论》行于世"；于梁进之则云"与汉卿世交"。又如红字李二、花李郎二人，皆注教坊刘耍和婿。按《辍耕录》所载院本名目，前章既定为金人之作，而云教坊魏、武、刘三人鼎新编辑，刘疑即刘耍和。金李治敬斋《古今黈》（卷一）

云："近者伶官刘子才，蓄才人隐语数十卷。"疑亦此人，则其人自当在金末，而其婿之时代，当与汉卿不甚相远也。他如石子章，则《元遗山诗集》（卷九）有答石子璋兼送其行七律一首；李庭《寓庵集》（卷二）亦有送石子章北上七律一首。按寓庵生于金承安三年，卒于元至元十三年，其年代与遗山略同。如杂剧家之石子章，即《遗山》《寓庵集》中之人，则亦当与汉卿同时矣。

此外与汉卿同时者，尚有王实父。《西厢记》五剧，《录鬼簿》属之实父。后世或谓王作，而关续之（都穆《南濠诗话》，王世贞《艺苑卮言》）；或谓关作，而王续之者（《雍熙乐府》卷十九，载无名氏《西厢十咏》）。然元人一剧，如《黄粱梦》、《骕骦裘》等，恒以数人合作，况五剧之多乎？且合作者，皆同时人，自不能以作者与续者定时代之先后也。则实父生年，固不后于汉卿。又汉卿有《闺怨佳人拜月亭》一剧，实甫亦有《才子佳人拜月亭》剧，其所谱者乃金南迁时事，事在宣宗贞祐之初，距金亡二十年。或二人均及见此事，故各有此本欤。

此外元初杂剧家，其时代确可考者，则有白仁甫朴。据元王博文《天籁集序》谓："仁甫年甫七岁，遭壬辰之难。"又谓："中统初，开府史公，将以所业荐之于朝。"按壬辰为金哀宗天兴元年，时仁甫年七岁，则至中统元年庚辰，年正三十五岁，故于至元一统后，尚游金陵。盖视汉卿为后辈矣。

由是观之，则元剧创造之时代，可得而略定矣。至有元一代之杂剧，可分为三期：一、蒙古时代：此自太宗取中原以后，至至元一统之初。《录鬼簿》卷上所录之作者五十七人，大都在此期中。（中如马致远、尚仲贤、戴善甫，均为江浙行省务官，姚守中为平江路吏，李文蔚为江州路瑞昌县尹，赵天锡为镇江府判，张寿卿为浙江省椽史，皆在至元一统之后。侯正卿亦曾游杭州，然《录鬼簿》均谓之前辈名公才人，与汉卿无别，或其游宦江浙，为晚年之事矣。）其人皆北方人也。二、一统时代：则自至元后至至顺后至元间，《录鬼薄》所谓“已亡名公才人，与余相知或不相知者”是也。其人则南方为多；否则北人而侨寓南方者也。三、至正时代：《录鬼簿》所谓“方今才人”是也。此三期，以第一期之作者为最盛，其著作存者亦多，元剧之杰作大抵出于此期中。至第二期，则除宫天挺、郑光祖、乔吉三家外，殆无足观，而其剧存者亦罕。第三期则存者更罕，仅有秦简夫、萧德祥、朱凯、王晔五剧，其去蒙古时代之剧远矣。

就诸家之时代，今取其有杂剧存于今者，著之。

第一期

关汉卿 杨显之 张国宝（一作国宾）石子章 王实父 高文秀 郑廷玉 白朴 马致远 李文蔚 李直夫 吴昌龄 武汉臣 王仲文 李寿卿 尚仲贤 石君宝 纪君祥 戴善甫 李好古 孟汉卿 李行道 孙仲章 岳伯川 康进之 孔文卿 张寿卿

第二期

杨梓 宫天挺 郑光祖 范康 金仁杰 曾瑞 乔吉

第三期

秦简夫 萧德祥 朱凯 王晔

此外如王子一、刘东生、谷子敬、贾仲名、杨文奎、杨景言、汤式，其名均不见《录鬼簿》。《元曲选》于谷子敬、贾仲名诸剧，皆云元人，《太和正音谱》则直以为明人。案王刘诸人不见他书，唯贾仲名则元人有同姓名者。《元史·贾居贞传》："居贞字仲明，真定获鹿人，官至江西行省参知政事。卒于至元十七年，年六十三。"则尚为元初人，似非作曲之贾仲名。且《正音谱》宁献王所作，纪其同时之人，当无大谬。又谷、贾二人之曲，虽气骨颇高，而伤于绮丽，颇于元曲不类；则视为明初人，当无大误也。

更就杂剧家之里居研究之，则如下表：（编者注：图略）

由上表观之，则六十二人中，北人四十九，而南人十三。而北人之中，中书省所属之地，即今直隶、山东西产者，又得四十六人。而其中大都产者，十九人；且此四十六人中，其十分之九，为第一期之杂剧家，则杂剧之渊源地，自不难推测也。又北人之中，大都之外，以平阳为最多，其数当大都之五分之二。按《元史·太宗纪》："太宗二七年，耶律楚材请立编修所于燕京，经籍所于平阳，编集经史，至世祖至元二年，始徙平阳经籍所于京师。"则元初除大都外，此为文化最盛之地，宜杂剧家之多也。至中叶以后，则剧家悉为杭州人，中如宫天挺、郑光祖、曾瑞、乔吉、秦简夫、钟嗣成等，虽为北籍，亦均久居浙江。盖杂剧之根本地，已移而至南方，岂非以南宋旧都，文化颇盛之故欤。

元初名臣中有作小令套数者；唯杂剧之作者，大抵布衣，否则为省掾令史之属。蒙古色目人中，亦有作小令套数者，而作杂剧者，则唯汉人（其中唯李直夫为女真人）。盖自金末重吏，自掾史出身者，其任用反优于科目。至蒙古灭金，而科目之废，垂八十年，为自有科目来未有之事。故文章之士，非刀笔吏无以进身；则杂剧家之多为掾史，固自不足怪也。沈德符《万历野获编》（卷二十五）及臧懋循《元曲选序》均谓蒙古时代，曾以词曲取士，其说固诞妄不足道。余则谓元初之废科目，却为杂剧发达之因。盖自唐宋以来，士之竞于科目者，已非一朝一夕之事，一旦废之，彼其才力无所用，而一于词曲发之。且金时科目之学，最为浅陋（观刘祁《归潜志》卷六、八、九数卷可知）。此种人士，一旦失所业，固不能为学术上之事，而高文典册，又非其所素习也。适杂剧之新体出，遂多从事于此；而又有一二天才出于其间，充其才力，而元剧之作，遂为千古独绝之文字。然则由杂剧家之时代爵里，以推元剧创造之时代，及其发达之原因，如上所推论，固非想像之说也。

附考：案金以律赋策论取士。逮金亡后，科目虽废，民间犹有为此学者。如王博文《白仁甫天籁集序》谓："律赋为专门之学，而太素有能声，（太素，仁甫字）号后进之翘楚。"案仁甫金亡时不及十岁，则其作律赋，必在科目已废之后。当时人士之热中科目如此。又元代士人不平之气，读宫天挺《范张鸡黍》剧第一、二折，可见一斑也。

第十章　元剧之存亡

元人所作杂剧，共若干种，今不可考。明李开先作《张小山乐府序》云："洪武初年，亲王之国，必以词曲千七百本赐之。"然宁献王权亦当时亲王之一，其所作《太和正音谱》卷首，著录元人杂剧，仅五百三十五本，加以明初人所作，亦仅五百六十六本。则李氏之言或过矣。元钟嗣成《录鬼簿序》，作于至顺元年，而书中纪事，讫于至正五年。其所著录者，亦仅四百五十八本。虽此二书所未著录而见于他书，或尚传于今者，亦尚有之；然现今传本出于二书外者，不及百分之五，则李氏所云千七百本，或兼小令套数言之。而其中杂剧，至多当亦不出千种；又其煊赫有名者，大都尽于二书所录，良可信也。至明隆万间而流传渐少，长兴臧懋循之刻《元曲选》也，从黄州刘延伯借元人杂剧二百五十种。然其所刻百种内，已有明初人作六种（《儿女团圆》《金安寿》《城南柳》《误入桃源》《对玉梳》《萧淑兰》）；则二百五十种中，亦非尽元人作矣。与臧氏同时刊行杂剧者，有无名氏之《元人杂剧选》，海宁陈与郊之《古名家杂剧》，而金陵唐氏世德堂亦有汇刊之本。唐氏所刊，仅见残本三种：一为明王九思作，余二种皆《元曲选》所已刊。至《元人杂剧选》与《古名家杂剧》二书，至为罕觏，存佚已不可知。第就其目观之，则《元人杂剧选》之出《元曲选》外者，仅马致远《踏雪寻梅》罗贯中《龙虎风云会》、无名氏《九世同居》、《荷金锭》四种耳。《古名家杂剧》正续二集，虽多至六十种。然并刻明人之作，内同于《元曲选》者三十九种，同于《元人杂剧选》者一种；此外则除明周宪王、徐文长、汪南溟各四种外，所余唯八种，且为元为明尚不可知。可知隆、万间人所见元曲，当以臧氏为富矣。姚士粦《见只编》谓："汤海若先生妙于音律，酷嗜元人院本。自言箧中所藏，多世不常有，已至千种。"朱竹垞《静志居诗话》谓："山阴祁氏淡生堂所藏元明传奇，多至八百馀部。"汤氏自言未免过于夸大。若祁氏所藏，有明人作在内，则其中元剧，当亦不过二三百种。何元朗《四友斋丛说》（卷三十七）谓其家所藏杂剧本，几三百种，则当时元剧存者，其数略可知矣。惟钱遵王也是园藏曲，则目录具存。其中确为元人作者一百四十一种；而注元明间人及古今无名氏杂剧者，凡二百有二种，共三百四十三种。其后钱书归泰兴季氏，《季沧苇书目》载钞本元曲三百种一百本，当即此书。则季氏之元曲三百种，当亦含明人作在内也。自是以后，藏书家罕注意元剧。唯黄氏丕烈于题跋中时时夸其所藏词曲之富，而其所跋元曲，仅《太平乐府》数种。向颇疑其夸大，然其所藏《元刊杂剧三十种》，今藏乃显于世。此书木函上，刊黄氏手书题字，有云"《元刻古今杂剧乙编》。礼居藏。”不知当时共有几编。而其前尚有甲编，则固无疑。如甲编种数与乙编同，则其所藏元刊杂剧，当有六十种，可谓最大之秘笈矣。今甲编存佚不可知，但就其乙编言之，则三十种中为《元曲选》所无者，已有十七种。合以《元曲选》中真元剧九十四种，与《西厢》五剧，则今日确存之元剧，而为吾辈所能见者，实得一百十六种。今从《录鬼簿》之次序，并补其所未载者，叙录之如下：

关汉卿十三本（凡元刊本均不著作者姓名，并识）

《关张双赴西蜀梦》（元刊本。《录鬼簿》《太和正音谱》并著录。《正音谱》作《双赴梦》。）

《闺怨佳人拜月亭》（元刊本。《录鬼簿》《正音谱》《也是园书目》并著录。“亭”,《录鬼簿》作“庭”。钱《目》作《王瑞兰私祷拜月亭》。）

《钱大尹智宠谢天香》（《元曲选》甲集下。《录鬼簿》《正音谱》《也是园书目》并著录。）

《杜蕊娘智赏金线池》（《元曲选》辛集上。《录鬼簿》《正音谱》《也是园书目》著录。）

《望江亭中秋切鲙旦》（《元曲选》癸集上。《录鬼簿》《正音谱》《也是园书目》著录。）

《赵盼儿风月救风尘》（《元曲选》乙集上。《录鬼簿》《正音谱》《也是园书目》著录。《录鬼簿》作《烟月旧风尘》。）

《关大王单刀会》（元刊本。《录鬼簿》《正音谱》《也是园书目》著录。）

《温太真玉镜台》（《元曲选》甲集下。《录鬼簿》《正音谱》《也是园书目》著录。）

《诈妮子调风月》（元刊本。《录鬼簿》《正音谱》著录。）

《包待制三勘蝴蝶梦》（《元曲选》丁集下。《正音谱》《也是园书目》著录。）

《感天动地窦娥冤》（《元曲选》壬集下。《正音谱》《也是园书目》著录。）

《包待制智斩鲁斋郎》（《元曲选》戊集下。《也是园书目》著录，作元无名氏。《元曲选》题元大都关汉卿撰。）

《崔莺莺待月西厢记》第五剧（明归安凌氏覆周定王刊本。近贵池刘氏覆凌本。他本皆改易体例，不足信据。《南濠诗话》《艺苑卮言》，皆以第五剧为汉卿作，是也。）

高文秀三本：

《黑旋风双献功》（《元曲选》丁集下。《录鬼簿》《正音谱》著录。《录鬼簿》作《黑旋风双献头》。）

《须贾谇范叔》（《元曲选》庚集下。《录鬼簿》《正音谱》《也是园书目》著录。《录鬼簿》作《须贾谇范雎》。）

《好酒赵元遇上皇》（元刊本。《录鬼簿》《正音谱》《也是园书目》著录。）

郑廷玉五本：

《楚昭王疏者下船》（元刊本。《元曲选》乙集下。《录鬼簿》《正音谱》《也是园书目》著录。）

《包待制智勘后庭花》（《元曲选》己集上。《录鬼簿》《正音谱》《也是园书目》著录。）

《布袋和尚忍字记》（《元曲选》庚集上。《录鬼簿》《正音谱》、《也是园书目》著录。）

《看钱奴买冤家债主》（元刊本。《元曲选》癸集上。《录鬼簿》《正音谱》《也是园书目》著录。)

《崔府君断冤家债主》(《元曲选》庚集上。《也是园书目》著录，作元郑廷玉撰。《元曲选》题元无名氏撰。)

白朴二本：

《唐明皇秋夜梧桐雨》(《元曲选》丙集上。《录鬼簿》《正音谱》《也是园书目》著录。)

《裴少俊墙头马上》(《元曲选》乙集下。《录鬼簿》《正音谱》《也是园书目》著录。《录鬼簿》作《鸳鸯简墙头马上》。)

马致远六本：

《江州司马青衫泪》(《元曲选》己集上。《录鬼簿》《正音谱》《也是园书目》著录。)

《吕洞宾三醉岳阳楼》(《元曲选》丁集下。《录鬼簿》《正音谱》《也是园书目》著录。)

《太华山陈抟高卧》(元刊本。《元曲选》戊集上。《录鬼簿》《正音谱》《也是园书目》著录。)

《破幽梦孤雁汉宫秋》(《元曲选》甲集上。《录鬼簿》《正音谱》《也是园书目》著录。《录鬼簿》无“破幽梦”三字。)

《半夜雷轰荐福碑》(《元曲选》丁集上。《正音谱》《也是园书目》著录。)

《马丹阳三度任风子》(元刊本。《元曲选》癸集下。《正音谱》《也是园书目》著录。)

李文蔚一本：

《同乐院燕青博鱼》(《元曲选》乙集上。《录鬼簿》《正音谱》《也是园书目》著录。《录鬼簿》作《报冤台燕青扑鱼》。)

李直夫一本：

《便宜行事虎头牌》(《元曲选》丙集上。《录鬼簿》《正音谱》《也是园书目》著录。《录鬼簿》作《武元皇帝虎头牌》。)

吴昌龄二本：

《张天师断风花雪月》(《元曲选》乙集上。《录鬼簿》《正音谱》著录。《录鬼簿》作《张天师夜断辰钩月》,《正音谱》作《辰钩月》。)

《花间四友东坡梦》(《元曲选》辛集上。《正音谱》《也是园书目》著录。)

王实甫二本：

《崔莺莺待月西厢记》(明归安凌氏覆周定王刊本。近覆凌本。《录鬼簿》《正音谱》《也是园书目》著录。)

《四丞相歌舞丽春堂》(《元曲选》己集上。《录鬼簿》《正音谱》《也是园书目》著录。《录鬼簿》“四丞相”作“四大王”。)

武汉臣三本：

《散家财天赐老生儿》(元刊本。《元曲选》丙集上。《录鬼簿》《正音谱》《也是园书目》著录。)

《李素兰风月玉壶春》(《元曲选》丙集下。《也是园书目》著录，作元无名氏；《元曲选》题武汉臣撰。)

《包待制智勘生金阁》(《元曲选》癸集下。《也是园书目》著录，作元无名氏；《元曲选》题武汉臣撰。)

王仲文一本：

《救孝子烈母不认尸》(《元曲选》戊集上。《录鬼簿》《正音谱》著录。)

李寿卿二本：

《说专诸伍员吹箫》(《元曲选》丁集下。《录鬼簿》《正音谱》《也是园书目》著录。)

《月明和尚度柳翠》(《元曲选》辛集下。《录鬼簿》《正音谱》《也是园书目》著录。《录鬼簿》作《月明三度临歧柳》。)

尚仲贤四本：

《洞庭湖柳毅传书》(《元曲选》癸集上。《录鬼簿》《正音谱》《也是园书目》著录。)

《尉迟公三夺槊》(元刊本。《录鬼簿》《正音谱》著录。)

《汉高祖濯足气英布》(元刊本。《元曲选》辛集上。《录鬼簿》《正音谱》《也是园书目》著录。《元曲选》不著谁作。)

《尉迟公单鞭夺槊》(《元曲选》庚集下。《也是园书目》著录。)

石君宝三本：

《鲁大夫秋胡戏妻》(《元曲选》丁集上。《录鬼簿》《正音谱》《也是园书目》著录。)

《李亚仙诗酒曲江池》(《元曲选》乙集下。《录鬼簿》《正音谱》著录。)

《诸宫调风月紫云庭》(元刊本。《录鬼簿》《正音谱》著录。《录鬼簿》"庭"作"亭"，又戴善甫亦有《宫调风月紫云亭》，此不知石作或戴作也)

杨显之二本：

《临江驿潇湘夜雨》(《元曲选》乙集上。《录鬼簿》《正音谱》《也是园书目》著录。)

《郑孔目风雪酷寒亭》(《元曲选》己集下。《录鬼簿》《正音谱》《也是园书目》著录。“郑孔目”,《录鬼簿》作“萧县君”。)

纪君祥一本：

《赵氏孤儿冤报冤》(元刊本。《元曲选》壬集上。《录鬼簿》《正音谱》《也是园书目》著录。“冤报冤”，钱《目》作“大报仇”。)

戴善甫一本：

《陶学士醉写风光好》(《元曲选》丁集上。《录鬼簿》《正音谱》《也是园书目》著录。“陶学士”,《录鬼簿》作“陶秀实”。)

李好古一本：

《沙门岛张生煮海》(《元曲选》癸集下。《录鬼簿》《正音谱》《也是园书目》著录。《录鬼簿》无“沙门岛”三字。)

张国宾三本：

《公孙汗衫记》(元刊本。《元曲选》甲集下。《录鬼簿》《正音谱》著录。《录鬼簿》“公”字上有“相国寺”三字。《元曲选》作《相国寺公孙合汗衫》。)

《薛仁贵衣锦还乡》(元刊本。《元曲选》乙集下。《录鬼簿》《正音谱》著录。)

《罗李郎大闹相国寺》(《元曲选》壬集下。《也是园书目》著录，元无名氏；《元曲选》题元张国宾撰。)

石子章一本：

《秦翛然竹坞听琴》(《元曲选》壬集上。《录鬼簿》《正音谱》《也是园书目》著录。)

孟汉卿一本：

《张鼎智勘魔合罗》(元刊本。《元曲选》辛集下。《录鬼簿》《正音谱》《也是园书目》著录。钱《目》及《元曲选》作《张孔目智勘魔合罗》。)

李行道一本：

《包待制智勘灰阑记》(《元曲选》庚集上。《录鬼簿》《正音谱》著录。)

王伯成一本：

《李太白贬夜郎》(元刊本。《录鬼簿》《正音谱》著录。)

孙仲章一本：

《河南府张鼎勘头巾》(《元曲选》丁集下。《也是园书目》著录。《录鬼簿》孙仲章下无此本，而陆登善下有之，《元曲选》题元孙仲章撰。)

康进之一本：

《梁山泊李逵负荆》(《元曲选》壬集下。《录鬼簿》《正音谱》著录。《录鬼簿》作《梁山泊黑旋风负荆》。)

岳伯川一本：

《岳孔目借铁拐李还魂》(元刊本。《元曲选》丙集上。《录鬼簿》《正音谱》《也是园书目》著录。《录鬼簿》《元曲选》作《吕洞宾度铁拐李岳》。钱《目》作《铁拐李借尸还魂》。)

狄君厚一本：

《晋文公火烧介子推》(元刊本。《录鬼簿》《正音谱》著录。）

孔文卿一本：

《东窗事犯》（元刊本。《录鬼簿》《正音谱》《也是园书目》著录。《录鬼簿》、钱《目》均作《秦太师东窗事犯》。案金仁杰亦有此本，未知孔作或金作也。）

张寿卿一本：

《谢金莲诗酒红梨花》（《元曲选》庚集上。《录鬼簿》《正音谱》《也是园书目》著录。）

马致远、李时中、花李郎、红字李二合作一本：

《邯郸道省悟黄粱梦》（《元曲选》戊集上。《录鬼簿》《正音谱》《也是园书目》著录。《录鬼簿》、钱《目》作《开坛阐教黄粱梦》。）

宫天挺一本：

《死生交范张鸡黍》（元刊本。《元曲选》己集上。《录鬼簿》《正音谱》《也是园书录》著录。）

郑光祖四本：

《㑳梅香翰林风月》（《元曲选》庚集下。《录鬼簿》《正音谱》《也是园书目》著录。钱《目》作《㑳梅香骗翰林风月》。）《周公辅成王摄政》（元刊本。《录鬼簿》《正音谱》著录。）《醉思乡王粲登楼》《元曲选》戊集下。《录鬼簿》《正音谱》《也是园书目》著录。）

《迷青琐倩女离魂》《元曲选》戊集上。《录鬼簿》《正音谱》《也是园书目》著录。）

金仁杰一本：

《萧何追韩信》（元刊本。《录鬼簿》《正音谱》著录。《录鬼簿》作《萧何月夜追韩信》。）

范康一本：

《陈季卿悟道竹叶舟》（元刊本。《元曲选》己集下。《录鬼簿》《正音谱》《也是园书目》著录。）

曾瑞一本：

《王月英元夜留鞋记》（《元曲选》辛集上。《录鬼簿》《正音谱》《也是园书目》著录。《录鬼簿》作《佳人才子误元宵》。）

乔吉甫三本：

《玉萧女两世姻缘》（《元曲选》己集下。《录鬼簿》《正音谱》《也是园书目》著录。）

《杜牧之诗酒扬州梦》（《元曲选》戊集下。《录鬼簿》《正音谱》《也是园书目》著录。）

《李太白匹配金钱记》（《元曲选》甲集上。《录鬼簿》《正音谱》《也是园书目》著录。《录鬼簿》作《唐明皇御断金钱记》。）

秦简夫二本：

《东堂老劝破家子弟》（《元曲选》乙集上。《录鬼簿》《正音谱》《也是园书目》著录。）

《宜秋山赵礼让肥》《元曲选》己集下。《录鬼簿》《正音谱》《也是园书目》著录。）

萧德祥一本：

《王翛然断杀狗劝夫》（《元曲选》甲集下。《录鬼簿》《也是园书目》著录。钱目作无名氏撰。）

朱凯一本：

《昊天塔孟良盗骨殖》(《元曲选》甲集下。《录鬼簿》,《正音谱》著录。《录鬼簿》无“昊天塔”三字,《正音谱》及《元曲选》作元无名氏撰。)

王晔一本:

《破阴阳八卦桃花女》(《元曲选》戊集下。《录鬼簿》《也是园书目》著录。钱目作元无名氏撰。)

杨梓一本:

《霍光鬼谏》(元刊本。《正音谱》著录,作元无名氏撰。今据姚桐寿《乐郊私语》定为杨梓撰。)

李致远一本:

《都孔目风雨还牢末》(《元曲选》癸集上。《正音谱》《也是园书目》著录,均作元无名氏撰。《元曲选》题元李致远撰。钱《目》作《小妻大妇还牢末》。)

杨景贤一本:

《马丹阳度脱刘行首》(《元曲选》辛集上。《正音谱》《也是园书目》均作无名氏撰。《元曲选》题元杨景贤撰,或与明初之杨景言为一人。)

无名氏二十七本:

《严子陵垂钓七里滩》(元刊本。各家均未著录,唯《录鬼簿》宫天挺条下有《严子陵钓鱼台》。此剧气骨,亦与宫氏《范张鸡黍》相似,疑或即此本。)

《诸葛亮博望烧屯》(元刊本。《正音谱》《也是园书目》著录。)

《张千替杀妻》(元刊本。《正音谱》著录,作《张子替杀妻》。)

《小张屠焚儿救母》(元刊本。各家均未著录。)

《陈州粜米》(《元曲选》甲集上。未著录。)

《玉清庵错送鸳鸯被》(《元曲选》甲集上。《也是园书目》著录。)

《随何赚风魔蒯通》(《元曲选》甲集上。未著录。)

《争报恩三虎下山》(《元曲选》甲集下。未著录。)

《庞居士误放来生债》(《元曲选》乙集下。未著录。)

《朱砂担滴水浮沤记》(《元曲选》丙集上。《正音谱》《也是园书目》著录。)

《包待制智赚合同文字》(《元曲选》丙集上。《也是园书目》著录。)

《冻苏秦衣锦还乡》(《元曲选》丙集上。《正音谱》著录，作《苏秦还乡》，又有《张仪冻苏秦》一本)

《小尉迟将斗将认父归朝》(《元曲选》丙集下。《也是园书目》著录，《小尉迟将斗将将鞭认父》。)

《神奴儿大闹开封府》(《元曲选》丁集上。《正音谱》《也是园书目》著录。)

《谢金吾诈拆清风府》(《元曲选》丁集上。未著录。)

《庞涓夜走马陵道》(《元曲选》戊集上。《正音谱》《也是园书目》著录。)

《朱太守风雪渔樵记》(《元曲选》戊集下。《也是园书目》著录。)

《孟德耀举案齐眉》(《元曲选》己集上。《正音谱》《也是园书目》著录。)

《李云英风送梧桐叶》(《元曲选》庚集下。《也是园书目》

著录。）

《两军师隔江斗智》（《元曲选》辛集上。未著录。）

《玎玎珰珰盆儿鬼》（《元曲选》辛集下。《正音谱》《也是园书目》著录。）

《逞风流王焕百花亭》（《元曲选》壬集上。《也是园书目》著录。）

《锦云堂暗定连环计》（《元曲选》壬集上。《正音谱》《也是园书目》著录。《正音谱》作《王允连环计》。钱《目》作《锦云堂美女连环计》。）

《金水桥陈琳抱妆匣》（《元曲选》壬集上。《正音谱》《也是园书目》著录。）

《风雨像生货郎旦》（《元曲选》癸集上。《正音谱》《也是园书目》著录。）

《萨真人夜断碧桃花》（《元曲选》癸集上。《也是园书目》著录，“夜断”作“夜斩”。）

《冯玉兰夜月泣江舟》（《元曲选》癸集下。未著录。）

上百十六本，我辈今日所据以为研究之资者，实止于此。此外零星折数，如白朴之《箭射双雕》，费唐臣之《苏子瞻风雪贬黄州》，李进取之《神龙殿栾巴噀酒》，赵明道之《陶朱公范蠡归湖》，鲍天祐之《王妙妙死哭秦少游》，周文质之《持汉节苏武还乡》《雍熙乐府》中均有一折，吾人耳目所及，仅至于此。至如明季所刊之《元人杂剧选》《古名家杂剧》与钱遵王所藏钞本，虽绝不经见，要不能遽谓之已佚。此外佚籍，恐尚有发见之一日，但以大数计之，恐不能出二百种以上也。

第十一章　元剧之结构

元剧以一宫调之曲一套为一折。普通杂剧，大抵四折，或加楔子。案《说文》(六)："楔，櫼也。"今木工于两木间有不固处，则斫木札入之，谓之楔子，亦谓之櫼。杂剧之楔子亦然。四折之外，意有未尽，则以楔子足之。昔人谓北曲之楔子，即南曲之引子，其实不然。元剧楔子，或在前，或在各折之间，大抵用〔仙吕·赏花时〕或〔端正好〕二曲。唯《西厢记》第二剧中之楔子，则用〔正宫·端正好〕全套，与一折等，其实亦楔子也。除楔子计之，仍为四折。唯纪君祥之《赵氏孤儿》，则有五折，又有楔子。此为元剧变例。又张时起之《赛花月秋千记》，今虽不存，然据《录鬼簿》所纪，则有六折。此外无闻焉。若《西厢记》之二十折，则自五剧构成，合之为一，分之则仍为五。此在元剧中亦非仅见之作。如吴昌龄之《西游记》，其书至国初尚存，其著录于《也是园书目》者云四卷，见于曹寅《楝亭书目》者云六卷。明凌濛初《西厢序》云："吴昌龄《西游记》有六本"，则每本为一卷矣。凌氏又云："王实甫《破窑记》《丽春园》《贩茶船》《进梅谏》《于公高门》，各有二本。关汉卿《破窑记》《浇花旦》，亦有二本。"此必与《西厢记》同一体例。此外《录鬼簿》所载：如李文蔚有《谢安东山高卧》，下注云"赵公辅次本"，而于赵公辅之《晋谢安东山高卧》下，则注云"次本"；武汉臣有《虎牢关三战吕布》，下注云"郑德辉次本"，而于郑德辉此剧下，则注云"次本"。盖李、武二人作前本，而赵、郑续之，以成一全体者也。余如武汉臣之《曹伯明错勘赃》，尚仲贤之《崔护谒浆》，赵子祥之《太祖夜斩石守信》《风月害夫人》，赵文殷之《宦门子弟错立身》，金仁杰之《蔡琰还朝》，皆注"次本"。虽不言所续何人，当亦续《西厢记》之类。然此不过增多剧数，而每剧之以四折为率，则固无甚出入也。

杂剧之为物，合动作、言语、歌唱三者而成。故元剧对此三者，各有其相当之物。其纪动作者，曰科；纪言语者，曰宾、曰白；纪所歌唱者，曰曲。元剧中所纪动作，皆以科字终。后人与白并举，谓之科白，其实自为二事。《辍耕录》纪金人院本，谓教坊"魏、武、刘三人，鼎新编辑，魏长于念诵，武长于筋斗，刘长于科泛。"科泛或即指动作而言也。宾白，则余所见周宪王自刊杂剧，每剧题目下，即有全宾、字样。明姜南《抱璞简记》(《续说郛》卷十九)曰："北曲中有全宾全白。两人相说曰宾，一人自说曰白。"则宾、白又有别矣。臧氏《元曲选序》云："或谓元取士有填词科，(中略)主司所定题目外，止曲名及韵耳。其宾白，则演剧时伶人自为之，故多鄙俚蹈袭之语。"填词取士说之妄，今不必辨。至谓宾白为伶人自为，其说亦颇难通。元剧之词，大抵曲白相生。苟不兼作白，则曲亦无从作，此最易明之理也；今就其存者言之，则《元曲选》中百种，无不有白，此犹可诿为明人之作也。然白中所用之语，如马致远《荐福碑》剧中之“曳剌”，郑光祖《王粲登楼》剧中之“点汤”，一为辽金人语，一为宋人语，明人已无此语，必为当时之作无疑。至《元刊杂剧三十种》，则有曲无白者诚多；然其与《元曲选》复出者，字句亦略相同，而有曲白相生之妙，恐坊间刊刻时，删去其白，如今日坊刊脚本然。盖白则人人皆知，而曲则听者不能尽解。此种刊本，当为供观剧者之便故也。且元剧中宾白，鄙俚蹈袭者固多，然其杰作如《老生儿》等，其妙处全在于白。苟去其白，则其曲全无意味。欲强分为二人之作，安可得也。且周宪王时代，去元未远，观其所自刊杂剧，曲白俱全，则元剧亦当如此。愈以知臧说之不足信矣。

元剧每折唱者，止限一人，若末，若旦；他色则有白无唱，若唱，则限于楔子中；至四折中之唱者，则非末若旦不可。而末若旦所扮者，不必皆为剧中主要之人物；苟剧中主要之人物，于此折不唱，则亦退居他色，而以末若旦扮唱者，此一定之例也。然亦有出于例外者，如关汉卿之《蝴蝶梦》第三折，则旦之外，倈儿亦唱；尚仲贤之《气英布》第四折，则正末扮探子唱，又扮英布唱；张国宾之《薛仁贵》第三折，则丑扮禾旦上唱，正末复扮伴哥唱；范子安之《竹叶舟》第三折，则首列御寇唱，次正末唱。然《气英布》剧探子所唱，已至尾声，故元刊本及《雍熙乐府》所选，皆至尾声而止，后三曲或后人所加。《蝴蝶梦》《薛仁贵》中，倈及丑所唱者，既非本宫之曲，且刊本中皆低一格，明非曲。《竹叶舟》中，列御寇所唱，明曰道情，至下〔端正好〕曲，乃入正剧。盖但以供点缀之用，不足破元剧之例也。唯《西厢记》第一、第四、第五剧之第四折，皆以二人唱，今《西厢》只有明人所刊，其为原本如此，抑由后人窜入，则不可考矣。

元剧脚色中，除末、旦主唱，为当场正色外，则有净、有丑。而末、旦二色，支派弥繁。今举其见于元剧者，则末有外末、冲末、二末、小末，旦有老旦、大旦、小旦、旦徕、色旦、搽旦、外旦、贴旦等。《青楼集》云："凡妓以墨点破其面为花旦"，元剧中之色旦、搽旦，殆即是也。元剧有外旦、外末，而又有外；外则或扮男，或扮女，当为外末、外旦之省。外末、外旦之省为外，犹贴旦之后省为贴也。案《宋史·职官志》："凡直馆院则谓之馆职，以他官兼者谓之贴职。"又《武林旧事》（卷四）"乾淳教坊乐部"，有"衙前"，有"和顾"，而和顾人中，如朱和、蒋宁、王原全下，皆注云"次贴衙前"，意当与贴职之贴同，即谓非衙前而充衙前（衙前谓临安府乐人）也。然则曰冲、曰外、曰贴，均系一义，谓于正色之外，又加某色，以充之也。此外见于元剧者，以年龄言，则有若孛老、卜儿、徕儿，以地位职业言，则有若孤、细酸、伴哥、禾旦、曳刺、邦老，皆有某色以扮之，而其身则非脚色之名，与宋金之脚色无异也。

元剧中歌者与演者之为一人，固不待言。毛西河《词话》，独创异说，以为演者不唱，唱者不演。然《元曲选》各剧，明云末唱、旦唱，《元刊杂剧》亦云"正末开"或"正末放"，则为旦、末自唱可知。且毛氏“连厢”之说，元明人著述中从未见之，疑其言犹蹈明人杜撰之习。即有此事，亦不过演剧中之一派，而不足以概元剧也。

演剧时所用之物，谓之砌末。焦理堂《易馀籥录》（卷十七）曰：“《辍耕录》有诸杂砌之目，不知所谓。按元曲《杀狗劝夫》，只从取砌末上，谓所埋之死狗也。《货郎旦》外旦取砌末付净科，谓金银财宝也。《梧桐雨》正末引宫娥挑灯拿砌末上，谓七夕乞巧筵所设物也。《陈抟高卧》外扮使臣引卒子捧砌末上，谓诏书纁帛也。《冤家债主》和尚交砌末科，谓银也。《误入桃源》正末扮刘晨，外扮阮肇带砌末上，谓行李包裹或采药器具也。又净扮刘德引沙三、王留等将砌末上，谓春社中羊酒纸钱之属也。”余谓焦氏之解砌末是也。然以之与杂砌相牵合，则颇不然。杂砌之解，已见上文，似与砌末无涉。砌末之语，虽始见元剧，必为古语。案宋无名氏《续墨客挥犀》（卷七）云：“问：今州郡有公宴，将作曲，伶人呼细末将来此所，何义？对曰：凡御宴进乐，先以弦声发之，然后众乐和之，故号丝抹将来。今所在起曲，遂先之以竹声，不唯讹其名，亦失其实矣。”又张表臣《珊瑚钩诗话》（卷二）亦云：“始作乐必曰丝抹将来，亦唐以来如是。”余疑砌末或为细末之讹。盖丝抹一语，既讹为细末，其义已亡，而其语独存，遂误视为将某物来之意，因以指演剧时所用之物耳。

第十二章　元剧之文章

元杂剧之为一代之绝作，元人未之知也。明之文人始激赏之，至有以关汉卿比司马子长者。（韩文靖邦奇）三百年来，学者文人，大抵屏元剧不观。其见元剧者，无不加以倾倒。如焦理堂《易馀籥录》之说，可谓具眼矣。焦氏谓一代有一代之所胜，欲自楚骚以下，撰为一集，汉则专取其赋，魏晋六朝至隋，则专录其五言诗，唐则专录其律诗，宋专录其词，元专录其曲。余谓律诗与词，固莫盛于唐宋，然此二者果为二代文学中最佳之作否，尚属疑问。若元之文学，则固未有尚于其曲者也。元曲之佳处何在？一言以蔽之，曰：自然而已矣。古今之大文学，无不以自然胜，而莫著于元曲。盖元剧之作者，其人均非有名位学问也，其作剧也，非有藏之名山，传之其人之意也。彼以意兴之所至为之，以自娱娱人。关目之拙劣，所不问也；思想之卑陋，所不讳也；人物之矛盾，所不顾也。彼但摹写其胸中之感想，与时代之情状，而真挚之理，与秀杰之气，时流露于其间。故谓元曲为中国最自然之文学，无不可也。

若其文字之自然，则又为其必然之结果，抑其次也。

明以后传奇，无非喜剧，而元则有悲剧在其中。就其存者言之：如《汉宫秋》《梧桐雨》《西蜀梦》《火烧介子推》《张千替杀妻》等，初无所谓先离后合、始困终亨之事也。其最有悲剧之性质者，则如关汉卿之《窦娥冤》，纪君祥之《赵氏孤儿》，剧中虽有恶人交构其间，而其蹈汤赴火者，仍出于其主人翁之意志，即列之于世界大悲剧中，亦无愧色也。

元剧关目之拙，固不待言。此由当日未尝重视此事，故往往互相蹈袭，或草草为之。然如武汉臣之《老生儿》，关汉卿之《救风尘》，其布置结构，亦极意匠惨淡之致，宁较后世之传奇，有优无劣也。

然元剧最佳之处，不在其思想结构，而在其文章。其文章之妙，亦一言以蔽之，曰：有意境而已矣。何以谓之有意境？曰：写情则沁人心脾，写景则在人耳目，述事则如其口出是也。古诗词之佳者无不如是，元曲亦然。明以后，其思想结构尽有胜于前人者，唯意境则为元人所独擅。兹举数例以证之。其言情述事之佳者，如关汉卿《谢天香》第三折：

〔正宫·端正好〕我往常在风尘，为歌妓，不过多见了几个筵席，回家来仍作个自由鬼，今日倒落在无底磨牢笼内！

马致远《任风子》第二折：

〔正宫·端正好〕添酒力晚风凉，助杀气秋云暮，尚兀自脚趔趄醉眼模糊。他化的我一方之地都食素，单则俺杀生的无缘度。

语语明白如画，而言外有无穷之意。又如《窦娥冤》第二折：

〔斗虾蟆〕空悲戚，没理会，人生死，是轮回。感着这般病疾，值着这般时势，可是风寒暑湿，或是饥饱劳役；各人证候自知，人命关天关地，别人怎么替得？寿数非干一世，相守三朝五夕，说甚一家一计，又无羊酒缎匹，又无花红财礼，把手为活过日，撒手如同休弃。不是窦娥忤逆，生怕旁人论议。不如听咱劝你，认个自家悔气，割舍的一具棺材停置，几件布帛收拾，出了咱家门里，送入他家坟地。这不是你那从小儿年纪，指脚的夫妻，我其实不关亲，无半点凄怆泪。休得要心如醉，意似痴，便这等嗟嗟怨怨，哭哭啼啼。

此一曲直是宾白，令人忘其为曲。元初所谓当行家，大率如此；至中叶以后，已罕觏矣。其写男女离别之情者，如郑光祖《倩女离魂》第三折：

〔醉春风〕空服遍腼眩药不能痊，知他这腌臜病何日起。要好时直等的见他时，也只为这症候因他上得。得，一会家缥渺呵，忘了魂灵；一会家精细呵，使着躯壳；一会家混沌呵，不知天地。

〔迎仙客〕日长也愁更长，红稀也信尤稀，春归也奄然人未归。我则道相别也数十年，我则道相隔着数万里。为数归期，则那竹院里刻遍琅玕翠。

此种词如弹丸脱手，后人无能为役；唯南曲中《拜月》《琵琶》差能近之。至写景之工者，则马致远之《汉宫秋》第三折：

〔梅花酒〕呀！对着这迥野凄凉，草色已添黄，兔起早迎霜，犬褪得毛苍，人捯起缨枪，马负着行装，车运着餱粮，打猎起围场。他他他伤心辞汉主，我我我携手上河梁。他部从，入穷荒；我銮舆，返咸阳。返咸阳，过宫墙；过宫墙，绕回廊；绕回廊，近椒房；近椒房，月昏黄；月昏黄，夜生凉；夜生凉，泣寒蛩；泣寒蛩，绿纱窗；绿纱窗，不思量。

〔收江南〕呀！不思量，便是铁心肠，铁心肠也愁泪滴千行；美人图今夜挂昭阳，我那里供养，便是我高烧银烛照红妆。

〔尚书云〕陛下回銮罢，娘娘去远了也。（驾唱）

〔鸳鸯煞〕我煞大臣行，说一个推辞谎，又则怕笔尖儿那火编修讲。不见那花朵儿精神，怎趁那草地里风光。唱道伫立多时，徘徊半晌，猛听的塞雁南翔，呀呀的声嘹亮，却原来满目牛羊，是兀那载离恨的毡车半坡里响。

以上数曲，真所谓写情则沁人心脾，写景则在人耳目，述事则如其口出者。第一期之元剧，虽浅深大小不同，而莫不有此意境也。

古代文学之形容事物也，率用古语，其用俗语者绝无。又所用之字数亦不甚多。独元曲以许用衬字故，故辄以许多俗语或以自然之声音形容之。此自古文学上所未有也。兹举其例，如《西厢记》第四剧第四折：

〔雁儿落〕绿依依墙高柳半遮，静悄悄门掩清秋夜，疏剌剌林梢落叶风，昏惨惨云际穿窗月。

〔得胜令〕惊觉我的是颤巍巍竹影走龙蛇，虚飘飘庄周梦蝴蝶，絮叨叨促织儿无休歇，韵悠悠砧声儿不断绝；痛煞煞伤别，急煎煎好梦儿应难舍，冷清清的咨嗟，娇滴滴玉人儿何处也？

此犹仅用三字也。其用四字者，如马致远《黄粱梦》第四折：

〔叨叨令〕我这里稳丕丕土炕上迷飚没腾的坐，那婆婆将粗剌剌陈米喜收希和的播，那蹇驴儿柳阴下舒着足乞留恶滥的卧，那汉子去脖项上婆娑没索的摸。你则早醒来了也么哥，你则早醒来了也么哥，可正是窗前弹指时光过。

其更奇绝者，则如郑光祖《倩女离魂》第四折：

〔古水仙子〕全不想这姻亲是旧盟，则待教祆庙火刮刮匝匝烈焰生。将水面上鸳鸯忒楞楞腾分开交颈，疏剌剌沙鞴雕鞍撒了锁鞓，厮琅琅汤偷香处喝号提铃，支楞楞争弦断了不续碧玉筝，吉丁丁珰精砖上摔破菱花镜，扑通通东井底坠银瓶。

又无名氏《货郎旦》剧第三折，则用叠字，其数更多。

〔货郎儿六转〕我则见黯黯惨惨天涯云布，万万点点潇湘夜雨；正值着窄窄狭狭沟沟堑堑路崎岖，黑黑黯黯彤云布，赤留赤律潇潇洒洒断断续续，出出律律忽忽鲁鲁阴云开处，霍霍闪闪电光星注；正值着飕飕摔摔风，淋淋渌渌雨，高高下下凹凹答答一水模糊，扑扑簌簌湿湿渌渌疏林人物，却便似一幅惨惨昏昏潇湘水墨图。

由是观之，则元剧实于新文体中自由使用新言语。在我国文学中，于《楚辞》、内典外，得此而三。然其源远在宋金二代，不过至元而大成。其写景抒情述事之美，所负于此者，实不少也。

元曲分三种，杂剧之外，尚有小令、套数。小令只用一曲，与宋词略同。套数则合一宫调中诸曲为一套，与杂剧之一折略同。但杂剧以代言为事，而套数则以自叙为事，此其所以异也。元人小令套数之佳，亦不让其杂剧。兹各录其最佳者一篇，以示其例，略可以见元人之能事也。

小令

〔天净沙〕(无名氏。此词《庶斋老学丛谈》及元刊《乐府新声》，均不著名氏，《尧山堂外纪》以为马致远撰，朱竹垞《词综》仍之，不知何据。)

枯藤老树昏鸦，小桥流水人家，古道西风瘦马，夕阳西下，断肠人在天涯。

套数

《秋思》(马致远。见元刊《中原音韵》《乐府新声》。)

〔双调·夜行船〕百岁光阴如梦蝶，重回首往事堪嗟！昨日春来，今朝花谢，急罚盏夜阑灯灭。

〔乔木查〕秦宫汉阙，做衰草牛羊野，不恁渔樵无话说。纵荒坟横断碑，不辨龙蛇。

〔庆宣和〕投至狐踪与兔穴，多少豪杰，鼎足三分半腰折，魏耶？晋耶？

〔落梅风〕天教富，不待奢，无多时好天良夜，看钱奴硬将心似铁，空辜负锦堂风月。

〔风入松〕眼前红日又西斜，疾似下坡车，晚来清镜添白雪，上床与鞋履相别。莫笑鸠巢计拙，葫芦提一就装呆。

〔拨不断〕利名竭，是非绝，红尘不向门前惹，绿树偏宜屋角遮，青山正补墙东缺，竹篱茅舍。

〔离亭宴煞〕蛩吟罢一枕才宁贴，鸡鸣后万事无休歇，算名利何年是彻！密匝匝蚁排兵，乱纷纷蜂酿蜜，闹穰穰蝇争血。裴公绿野堂，陶令白莲社，爱秋来那些？和露滴黄花，带霜烹紫蟹，煮酒烧红叶。人生有限杯，几个登高节？嘱咐与顽童记者，便北海探吾来，道东篱醉了也。

〔天净沙〕小令，纯是天籁，仿佛唐人绝句。马东篱《秋思》一套，周德清评之以为万中无一，明王元美等亦推为套数中第一，诚定论也。此二体虽与元杂剧无涉，可知元人之于曲，天实纵之，非后世所能望其项背也。

元代曲家，自明以来，称关、马、郑、白。然以其年代及造诣论之，宁称关、白、马、郑为妥也。关汉卿一空倚傍，自铸伟词，而其言曲尽人情，字字本色，故当为元人第一。白仁甫、马东篱，高华雄浑，情深文明；郑德辉清丽芊绵，自成馨逸，均不失为第一流。其余曲家，均在四家范围内。唯宫大用瘦硬通神，独树一帜。以唐诗喻之，则汉卿似白乐天，仁甫似刘梦得，东篱似李义山，德辉似温飞卿，而大用则似韩昌黎。以宋词喻之，则汉卿似柳耆卿，仁甫似苏东坡，东篱似欧阳永叔，德辉似秦少游，大用似张子野。虽地位不必同，而品格则略相似也。明宁献王曲品，跻马致远于第一，而抑汉卿于第十。盖元中叶以后，曲家多祖马、郑，而祧汉卿，故宁王之评如是。其实非笃论也。

元剧自文章上言之，优足以当一代之文学。又以其自然故，故能写当时政治及社会之情状，足以供史家论世之资者不少。又曲中多用俗语，故宋、金、元三朝遗语，所存甚多。辑而存之，理而董之，自足为一专书。此又言语学上之事，而非此书之所有事也。

第十三章　元院本

元人杂剧之外，尚有院本。《辍耕录》云：“国朝杂剧院本，分而为二。”盖杂剧为元人所创，而院本则金源之遗，然元人犹有作之者。《录鬼簿》（卷下）云“屈英甫名彦英，编《一百二十行》及《看钱奴》院本”是也。元人院本，今无存者，故其体例如何，全不可考。唯明周宪王《吕洞宾花月神仙会》杂剧中，有院本一段。此段系宪王自撰，或剪裁金元旧院本充之，虽不可知；然其结构简易，与北剧南戏，均截然不同。故作元院本观可，即金人院本，亦即此而可想像矣。今全录其文如下：

末云：“小生昨日街上闲行，见了四个乐工，自山东瀛州来到此处，打菠觅钱。小生邀他今日在大姐家，庆会小生生辰，若早晚还不见来。”

办净同捷讥、付末、末泥上，相见了，做院本《长寿仙献香添寿》。院本上。捷云：“歌声才住。”末泥云：

"丝竹暂停。"净云:"俺四人佳戏向前。"付末云:"道甚清才谢乐?"捷云:"今日双秀才的生日,您一人要一句添寿的诗。"捷先云:"桧柏青松常四时。"付末云:"仙鹤仙鹿献灵芝。"末泥云:"瑶池金母蟠桃宴。"付净云:"都活一千八百岁。"付末打云:"这言语不成文章,再说。"净云:"都活二千九百岁。"付末云:"也不成文章。"净云:"有了,有了,都活三万三千三百岁,白了髭髯白了眉。"付末云:"好好!到是一个寿星。"捷云:"我问你一人要一件祝寿底物。"捷云:"我有一幅画儿,上面三个人儿:两个是福禄星君,一个是南极老儿。"问付末云:"我有一幅画儿,上面四科树儿:两科是青松翠柏,两科是紫竹灵芝。"问末泥云:"我有一幅画儿,上面两般物儿:一个是送酒黄鹤,一个是衔花鹿儿。"净趋抢云:"我也有。我有一幅图儿,上面一个靶儿,我也不识是甚物,人都道是春画儿。"付末打云:"这个甚底,将来献寿。"净云:"我子愿欢会长生。"净趋抢云:"俺一人是两般乐器:一般是丝,一般是竹,与双秀才添寿咱。"捷云:"我有一个玉笙,有一架银筝,就有一个小曲儿添寿,名是〔醉太平〕。"

捷唱:"有一排玉笙,有一架银筝,将来献寿凤鸾鸣,感天仙降庭。玉笙吹出悠然兴,银筝搊得新词令,都来添寿乐官星,祝千年寿宁。"末泥云:"我也有一管龙笛,一张锦瑟,就有一个曲儿添寿。"

末泥唱:"品龙笛凤声,弹锦瑟泉鸣,供筵前添寿老人星,庆千春万龄。瑟呵!冰蚕吐出丝明净,笛呵!紫筠调得声相应。我将这龙笛锦瑟贺升平,饮香醪玉瓶！”

付末云：“我也有一面琵琶，一管紫萧，就有个曲儿添寿。”

付末唱：“拨琵琶韵美，吹箫管声齐，琵琶箫管庆樽席，向筵前奏只。琵琶弹出长生意，紫箫吹得天仙会，都来添寿笑嘻嘻，老人星贺喜！”

净趋抢云：“小子儿也有一条弦儿一个孔儿的丝竹，就有一个曲儿添寿。”

净唱：“弹棉花的木弓，吹柴草的火筒，这两般丝竹不相同，是俺付净色的受用。这木弓弹了棉花呵，一夜温暖衣衾重。这火筒吹着柴草呵！一生饱食凭他用。这两般，不受饥，不受冷，过三冬，比你乐器的有功。”

付末打云：“付净的巧语能言。”净云：“说遍这丝竹管弦。”付末云：“蓝采和手执檀板。”净云：“汉钟离书捧真筌。”付末云：“铁拐李忙吹玉管。”净云：“白玉蟾舞袖翩翩。”付末云：“韩湘子生花藏叶。”净云：“张果老击鼓喧阗。”付末云：“曹国舅高歌大曲。”净云：“徐神翁慢抚琴弦。”付末云：“东方朔学踏焰爨。”净云：“吕洞宾掌记词篇。”付末云：“总都是神仙作戏。”净云：“庆千秋福寿双全。”付末云：“问你付净的办个甚色？”净云：“哎哎！哎哎！我办个富乐院里乐探官员。”付末收住：“世财红粉高楼酒，都是人间喜乐时。”

末云：“深谢四位伶官，逢场作戏，果然是锦心绣口，弄月嘲风。”

此中脚色，末泥、付末、付净（即副末、副净）三色，

与《辍耕录》所载院本中脚色同，唯有捷讥而无引戏。案上文说唱，皆捷讥在前，则捷讥或即引戏。捷讥之名，亦起于宋。《武林旧事》（卷六）“诸色伎艺人”中，商谜有捷机和尚是也。此四色中，以付净、付末二色为重，且以付净色为尤重，较然可见。此犹唐宋遗风。其中付末打付净者三次，亦古代鹘打参军之遗；而末一段，付净、付末各道一句，又欧阳公《与梅圣俞书》，所谓如“杂剧人上名下韵不来，须副末接续”者也。此一段之为古曲，当无可疑。即非古曲，亦必全仿古剧为之者。以其足窥金元之院本，故兹著之。

院本之体例，有白有唱，与杂剧无异。唯唱者不限一人，如上例中捷讥、末泥、付末、付净，各唱〔醉太平〕一曲是也。明徐充《暖姝由笔》（《续说郛》卷十九）曰：“有白有唱者名杂剧，用弦索者名套数，扮演戏跳而不唱者名院本。”杂剧与套数之别，既见上章，绝非如徐氏之说。至谓院本演而不唱，则不独金人院本以曲名者甚多，即上例之中，亦有歌曲。而《水浒传》载白秀英之演院本，亦有白有唱，可知其说之无根矣。且院本一段之中，各色皆唱，又与南曲戏文相近，但一行于北，一行于南。其实院本与南戏之间，其关系较二者之与元杂剧更近。以二者一出于金院本，一出于宋戏文，其根本要有相似之处；而元杂剧则出于一时之创造故也。

第十四章　南戏之渊源及时代

元剧进步之二大端，既于第八章述之矣。然元剧大都限于四折，且每折限一宫调，又限一人唱，其律至严，不容逾越。故庄严雄肆，是其所长；而于曲折详尽，犹其所短也。至除此限制，而一剧无一定之折数，一折（南戏中谓之一出）无一定之宫调；且不独以数色合唱一折，并有以数色合唱一曲，而各色皆有白有唱者，此则南戏之一大进步，而不得不大书特书以表之者也。

南戏之渊源于宋，殆无可疑。至何时进步至此，则无可考。吾辈所知，但元季既有此种南戏耳。然其渊源所自，或反古于元杂剧。今试就其曲名分析之，则其出于古曲者，更较元北曲为多。今南曲谱录之存者，皆属明代之作。以吾人所见，则其最古者，唯沈璟之《南九宫谱》二十二卷耳。此书前有李维桢序，谓出于陈白二谱；然其注新增者不少。今除其中之犯曲（即集曲）不计，则仙吕宫曲凡六十九章，羽调九章，正宫四十六章，大石调十五章，中吕宫六十五章，般涉调一章，南吕宫八十四章，黄钟宫四十章，越调五十章，商调三十六章，双调八十八章，附录三十九章，都五百四十三章。而其中出于古曲者如下。

出于大曲者二十四：

〔剑器令〕（仙吕引子）

〔八声甘州〕（仙吕慢词）

〔梁州令〕〔齐天乐〕（以上正宫引子）

〔普天乐〕（正宫过曲）

〔催拍〕〔长寿仙〕（以上大石调过曲）

〔大胜乐〕（疑即〔大圣乐〕）〔薄媚〕（以上南吕引子）

〔梁州序〕〔大胜乐〕〔薄媚衮〕（以上南吕过曲）

〔降黄龙〕（黄钟过曲）〔入破〕〔出破〕（以上越调近词）

〔新水令〕（双调引子）

〔六么令〕（双调过曲）

〔薄媚曲破〕（附录过曲）

〔入破第一〕〔破第二〕〔衮第三〕〔歇拍〕〔中衮第五〕〔煞尾〕〔出破〕（以上黄钟过曲，见《琵琶记》。）（七曲相连，实大曲之七遍，而亡其调名者也）。

其出于唐宋词者一百九十：

〔卜算子〕〔番卜算〕〔探春令〕〔醉落魄〕〔天下乐〕〔鹊桥仙〕〔唐多令〕〔似娘儿〕〔鹧鸪天〕（以上仙吕引子）

〔碧牡丹〕〔望梅花〕〔感庭秋〕〔喜还京〕〔桂枝香〕〔河传序〕〔惜黄花〕〔春从天上来〕（以上仙吕过曲）

〔河传〕〔声声慢〕〔杜韦娘〕〔桂枝香〕（以上仙吕慢词）

〔天下乐〕〔喜还京〕（以上仙吕近词）

〔浪淘沙〕（羽调近词）

〔燕归梁〕〔七娘子〕〔破阵子〕〔瑞鹤仙〕〔喜迁莺〕〔缑山月〕〔新荷叶〕（以上正宫引子）

〔玉芙蓉〕〔锦缠道〕〔小桃红〕〔三字令〕〔倾杯序〕〔满江红急〕〔醉太平〕〔双鸂鶒〕

〔洞仙歌〕〔丑奴儿近〕（以上正宫过曲）

〔安公子〕（正宫慢词）

〔东风第一枝〕〔少年游〕〔念奴娇〕〔烛影摇红〕（以上大石引子）

〔沙塞子〕〔沙塞子急〕〔念奴娇序〕〔人月圆〕（以上大石过曲）

〔蓦山溪〕〔乌夜啼〕〔丑奴儿〕（以上大石慢词）

〔插花三台〕（大石近词）

〔粉蝶儿〕〔行香子〕〔菊花新〕〔青玉案〕〔尾犯〕

〔剔银灯引〕〔金菊对芙蓉〕（以上中吕引子）

〔泣颜回〕（见《太平广记》有〔哭颜回〕曲）〔好事近〕〔驻马听〕〔古轮台〕〔渔家傲〕〔尾犯序〕〔丹凤吟〕〔舞霓裳〕〔山花子〕〔千秋岁〕（以上中吕过曲）

〔醉春风〕〔贺圣朝〕〔沁园春〕〔柳梢青〕（以上中吕慢词），〔迎仙客〕（中吕近词）

〔哨遍〕（般涉调慢词）

〔恋芳春〕〔女冠子〕〔临江仙〕〔一翦梅〕〔虞美人〕〔意难忘〕〔薄倖〕〔生查子〕〔于飞乐〕〔步蟾宫〕〔满江红〕〔上林春〕〔满园春〕（以上南吕引子）

〔贺新郎〕〔贺新郎衮〕〔女冠子〕〔解连环〕〔引驾行〕〔竹马儿〕〔绣带儿〕〔锁窗寒〕〔阮郎归〕〔浣溪沙〕〔五更转〕〔满园春〕〔八宝妆〕（以上南吕过曲）

〔贺新郎〕〔木兰花〕〔乌夜啼〕（以上南吕慢词）

〔绛都春〕〔疏影〕〔瑞云浓〕〔女冠子〕〔点绛唇〕〔传言玉女〕〔西地锦〕〔玉漏迟〕（以上黄钟引子）

〔绛都春序〕〔画眉序〕〔滴滴金〕〔双声子〕〔归朝欢〕〔春云怨〕〔玉漏迟序〕〔传言玉女〕〔侍香金童〕〔天仙子〕（以上黄钟过曲）

〔浪淘沙〕〔霜天晓角〕〔金蕉叶〕〔杏花天〕〔祝英台近〕（以上越调引子）

〔小桃红〕〔雁过南楼〕〔亭前柳〕〔绣停针〕〔祝英台〕〔忆多娇〕〔江神子〕（以上越调过曲）

〔凤凰阁〕〔高阳台〕〔忆秦娥〕〔逍遥乐〕〔绕池游〕〔三台令〕〔二郎神慢〕〔十二时〕（以上商调引子）

〔满园春〕〔高阳台〕〔击梧桐〕〔二郎神〕〔集贤宾〕〔莺啼序〕〔黄莺儿〕（以上商调过曲）

〔集贤宾〕〔永遇乐〕〔熙州三台〕〔解连环〕（以上商调慢词）

〔骤雨打新荷〕（小石调近词）

〔真珠帘〕〔花心动〕〔谒金门〕〔惜奴娇〕〔宝鼎现〕〔捣练子〕〔风入松慢〕〔海棠春〕〔夜行船〕〔驾圣朝〕〔秋蕊香〕〔梅花引〕（以上双调引子）

〔画锦堂〕〔红林檎〕〔醉公子〕（以上双调过曲）

〔柳摇金〕〔月上海棠〕〔柳梢青〕〔夜行船序〕〔惜奴娇〕〔品令〕〔豆叶黄〕〔字字双〕〔玉交枝〕〔玉抱肚〕〔川拨棹〕（以上仙吕入双调过曲）

〔红林檎〕〔泛兰舟〕（以上双调慢词）

〔帝台春〕（附录引子）

〔鹤冲天〕〔疏影〕（以上附录过曲）。

出于金诸宫调者十三：

〔胜葫芦〕〔美中美〕（以上仙吕过曲）

〔石榴花〕〔古轮台〕〔鹘打兔〕〔麻婆子〕〔荼蘼香傍拍〕（以上中吕过曲）

〔一枝花〕（南吕引子）

〔出队子〕〔神仗儿〕〔啄木儿〕〔刮地风〕（以上黄钟过曲）

〔山麻秸〕（越调过曲）。

出于南宋唱赚者十：

〔赚〕〔薄媚赚〕（以上仙吕近词）

〔赚〕〔黄钟赚〕（以上正宫过曲）

〔本宫赚〕（大石过曲）

〔本宫赚〕〔梁州赚〕（以上南吕过曲）

〔赚〕（南吕近词）

〔本宫赚〕（越调过曲）

〔入赚〕（越调近词）。

同于元杂剧曲名者十有三：

〔青哥儿〕（仙吕过曲）

〔四边静〕（正宫过曲）

〔红绣鞋〕〔红芍药〕（以上中吕过曲）

〔红衫儿〕（南吕过曲）

〔水仙子〕（黄钟过曲）

〔秃厮儿〕〔梅花酒〕（以上越调过曲）

〔绵搭絮〕（越调近词）

〔梧叶儿〕（商调过曲）

〔五供养〕（双调过曲）

〔沉醉东风〕〔雁儿落〕〔步步娇〕（以上仙吕入双调过曲）

〔货郎儿〕（附录过曲）。

其有古词曲所未见而可知其出于古者，如下：

〔紫苏丸〕（仙吕过曲）《事物纪原》（卷九）《吟叫》条："嘉祐末，仁宗上仙，……四海遏密，故市井初有叫果子之戏。盖自至和嘉祐之间，叫〔紫苏丸〕，洎乐工杜人经十叫子始也。京师凡卖一物，必有声韵，其吟哦俱不同；故市人采其声调，间以词章，以为戏乐也。"则〔紫苏丸〕乃北宋叫声之遗，南宋赚词中，犹有此曲，见第四章。

〔好女儿〕〔缕缕金〕〔越恁好〕（均中吕过曲）均见第四章所录南宋赚词。

〔耍鲍老〕（中吕过曲）

又（黄钟过曲）、〔鲍老催〕（黄钟过曲）见第八章〔鲍老儿〕条。

〔合生〕（中吕过曲）见第六章。

〔杵歌〕（中吕过曲）、〔园林杵歌〕（越调过曲）《事物纪原》（卷九）有《杵歌》一条；又《武林旧事》（卷二）舞队中有《男女杵歌》。

〔大迓鼓〕（南吕过曲）见第三章。

〔刘衮〕（南吕过曲）、〔山东刘衮〕（仙吕入双调过曲）《武林旧事》（卷四）杂剧三甲，内中祇应一甲五人，内有次净刘衮。又（卷二）舞队中有《刘衮》，又金院本名目中有《调刘衮》一本。

〔太平歌〕（黄钟过曲）南宋官本杂剧段数，《钱手帕爨》下，注小字〔太平歌〕。

〔蛮牌令〕（越调过曲）见第八章〔六国朝〕条。

〔四国朝〕（双调引子）见第八章〔六国朝〕条。

〔破金歌〕（仙吕入双调过曲）此词云“破金”，必南宋所作也。

〔中都俏〕（附录过曲）案金以燕京为中都。元世祖至元元年，又改燕京为中都，九年改大都，则此为金人或元初遗曲也。

以上十八章，其为古曲或自古曲出，盖无可疑。此外想尚不少。总而计之，则南曲五百四十三章中，出于古曲者凡二百六十章，几当全数之半；而北曲之出于古曲者，不过能举其三分之一，可知南曲渊源之古也。

南戏之曲名，出于古典者其多如此。至其配置之法，一出中不以一宫调之曲为限，颇似诸宫调。其有一出首尾，只用一曲，终而复始者，又颇似北宋之传踏。又《琵琶记》中第十六出，有大曲一段，凡七遍；虽失其曲名，且其各遍之次序，与宋大曲不尽合，要必有所出。可知南戏之曲，亦综合旧曲而成，并非出于一时之创造也。

更以南戏之材质言之，则本于古者更多。今日所存最古之南戏，仅《荆》《刘》《拜》《杀》与《琵琶记》五种耳。《荆》谓《荆钗》，《刘》谓《白兔》，《拜》《杀》则谓《拜月》、《杀狗》二记。此四本与《琵琶》均出于元明之间（见下），然其源颇古。施愚山《矩斋杂记》云：“传奇《荆钗记》，丑诋孙汝权。按汝权，宋名进士，有文集，尚气谊，王梅溪先生好友也。梅溪劾史浩八罪，汝权怂恿之，史氏切齿，故入传奇，谬其事以污之。温州周天锡字懋宠，尝辨其诬。见《竹懒新著》。”施氏之说，信否不可知，要足备参考也。《白兔记》演李三娘事；然元刘唐卿已有《李三娘麻地捧印》杂剧，则亦非创作矣。《杀狗》则元萧德祥有《王翛然断杀狗劝夫》杂剧。《拜月》之先，已有关汉卿《闺怨佳人拜月亭》、王实甫《才子佳人拜月亭》二剧。《琵琶》则陆放翁既有“满村听唱蔡中郎”之句；而金人院本名目，亦有《蔡伯喈》一本。又祝允明《猥谈》谓：南戏，“余见旧牒，其时有赵闳夫榜禁，颇述名目，如《赵真女蔡二郎》等，亦不甚多。”余案元岳伯川《吕洞宾度铁拐李岳》杂剧，第二折〔煞尾〕云：“你学那守三贞赵真女，罗裙包土将坟台建”，则其事正与《琵琶记》中之赵五娘同。岳伯川元初人，则元初确有此南戏矣。且今日《琵琶记》传本第一出末，有四语，末二语云：“有贞有烈赵真女，全忠全孝蔡伯喈。”此四语实与北剧之题目正名相同。则虽今本《琵琶记》其初亦当名《赵真女》或《蔡伯喈》而《琵琶》之名，乃由后人追改，则不徒用其事，且袭其名矣。然则今日所传最古之南戏，其故事关目，皆有所由来，视元杂剧对古剧之关系，更为亲密也。

南戏始于何时，未有定说。明祝允明《猥谈》(《续说郛》卷四十六）云：“南戏出于宣和之后，南渡之际，谓之温州杂剧。予见旧牒，其时有赵闳夫榜禁，颇述名目，如《赵真女蔡二郎》等，亦不甚多”云云。其言“出于宣和之后”，不知何据。以余所考，则南戏当出于南宋之戏文，与宋杂剧无涉；唯其与温州相关系，则不可诬也。戏文二字，未见于宋人书中，然其源则出于宋季。元周德清《中原音韵》云：“南宋都杭，吴兴与切邻，故其戏文如《乐昌分镜》等，唱念呼吸，皆如约韵（谓沈约韵）。”此但浑言南宋，不著其为何时。刘一清《钱唐遗事》则云：“贾似道少时，佻尤甚。自入相后，犹微服闲行，或饮于伎家。至戊辰己巳间，《王焕》戏文盛行于都下，始自太学，有黄可道者为之。”则戏文于度宗咸淳四五年间，既已盛行，尚不言其始于何时也。叶子奇《草木子》则云：“俳优戏文，始于王魁，永嘉人作之。识者曰：若见永嘉人作相，国当亡。及宋将亡，乃永嘉陈宜中作相。其后元朝南戏盛行，及当乱，北院本特盛，南戏遂绝。”案宋官本杂剧中，有《王魁三乡题》，其翻为戏文，不知始于何时，要在宋亡前百数十年间。至以戏文为永嘉人所作，亦非无据。案周密《癸辛杂志》别集上，纪温州乐清县僧祖杰，杨髡之党，（中略）旁观不平，乃撰为戏文以广其事。又撰《琵琶记》之高则诚亦温州永嘉人。叶盛《菉竹堂书目》，有《东嘉韫玉传奇》。则宋元戏文大都出于温州。然则叶氏永嘉始作之言，祝氏“温州杂剧”之说，其或信矣。元一统后，南戏与北杂剧并行。《青楼集》云：“龙楼景、丹墀秀，皆金门高之女，俱有姿色，专工南戏。”《录鬼簿》谓：“南北调合腔，自沈和甫始。”又云：“萧德祥，凡古文俱櫽括为南曲，街市盛行，又有南曲戏文等。”以南曲戏文四字连称，则南戏出于宋末之戏文，固昭昭矣。

然就现存之南戏言之，则时代稍后。后人称《荆》《刘》《拜》《杀》，为元四大家。明无名氏亦以《荆钗记》为柯丹邱撰，世亦传有元刊本。（贵池刘氏有之，余未见。然闻缪艺风秘监言，中有制义数篇，则为洪武后刊本明矣。）然柯敬仲未闻以制曲称，想旧本当题丹邱子或丹邱先生撰。丹邱子者，明宁献王道号也。（《千顷堂书目》，有丹邱子《太和正音谱》二卷，谱中亦自称丹邱先生。其实此书，乃宁献王撰，故书中著录，讫于明初人也。）后人不知，见丹邱二字，即以为敬仲耳。《白兔记》不知撰人。《杀狗记》据《静志居诗话》（卷四）则为徐畛所作，畛字仲由，淳安人，洪武初征秀才，至藩省辞归。则其人至明初尚存，其制作之时，在元在明已不可考矣。《拜月亭》（其刻于《六十种曲》中者，易名《幽闺记》）则明王元美、何元朗、臧晋叔等皆以为元施君美（惠）所撰。君美杭人，卒于至顺、至正间。然《录鬼簿》谓君美诗酒之暇，唯以填词和曲为事，有《古今砌话》编成一集，而无一语及《拜月亭》。虽《录鬼簿》但录杂剧，不录南戏，然其人苟有南戏或院本，亦必及之。如范居中、屈彦英、萧德祥等是也。则《拜月》是否出君美手，尚属疑问，唯就曲文观之，定为元人之作，当无大谬。而其撰人与时代，确乎可知者，唯《琵琶》一记耳。

作《琵琶》者，人人皆知其为高则诚。然其名则或以为高拭，或以为高明，其字则或以为则诚，或以为则成。蒋仲舒《尧山堂外记》（卷七十六）："高拭字则成，作《琵琶记》者。或谓方谷真据庆元时，有高明者，避地鄞之栎社，以词曲自娱。（中略）案高明，温州瑞安人，以《春秋》中至正乙酉第，其字则诚，非则成也。或曰二人同时同郡，字又同音，遂误耳。"以上皆蒋氏说。王元美《艺苑卮言》，亦云南曲高拭则诚，遂掩前后。朱竹垞《静志居诗话》，于高明条下，引《外纪》之说，复云："涵虚子曲谱，有高拭而无高明，则蒋氏之言，或有所据"云云。余案元刊本张小山《北曲联乐府》，前有海粟冯子振、燕山高拭题词，此即涵虚子曲谱中之高拭。《琵琶》乃南曲戏文，则其作者自当为永嘉之高明，而非燕山之高拭。况明人中如姚福《青溪暇笔》、田艺蘅《留青日札》，皆以作《琵琶》者为高明，当不谬也。既为高明，则其字自当为则诚，而非则成。至其作《琵琶记》之时代，则据《青溪暇笔》及《留青日札》，均谓在寓居栎社之后。其寓居栎社，据《留青日札》及《列朝诗集》，又在方国珍降元之后。按国珍降元者再，其初降时，尚未据庆元，其再降则在至正十六年；则此记之作，亦在至正十六年以后矣。然《留青日札》又谓高皇帝微时，尝奇此戏。案明太祖起兵在至正十二年闰三月，若微时已有此戏，则当成于十二年以前。又《日札》引一说，谓："初东嘉以伯喈为不忠不孝，梦伯喈谓之曰：'公能易我为全忠全孝，当有以报公。'遂以全忠全孝易之，东嘉后果发解。"案则诚中进士第，在至正五年；则成书又当在五年以前。然明人小说所载，大抵无稽之说，宁从《青溪暇笔》及《留青日札》前说，谓成书于避地栎社之后，为较妥也。

由是观之，则现存南戏，其最古者，大抵作于元明之间。而《草木子》反谓"元朝南戏盛行，及当乱，北院本（此谓元人杂剧）特盛，南戏遂绝"者，果何说欤？曰：叶氏所记，或金华一地之事。然元代南戏之盛，与其至明初而衰息，此亦事实，不可诬也。沈氏《南九宫谱》所选古传奇，如《刘盼盼》《王焕》《韩寿》《朱买臣》《古西厢》《王魁》《孟姜女》《冤家债主》《玩江楼》《李勉》《燕子楼》《郑孔目》《墙头马上》《司马相如》《进梅谏》《诈妮子》《复落倡》《崔护》等，其名各与宋杂剧段数、金院本名目、元人杂剧相同，复与明代传奇不类，疑皆元人所作南戏。此外命名相类者，亦尚有二十余种，亦当为同时之作也。而自明洪武至成宏间，则南戏反少。沈德符《万历野获编》（卷二十五）原明之南曲，谓"《四节》《连环》《绣襦》之属，出于成、宏间，始为时所称。"则元明之间，南曲一时衰熄，事或然也。观明初曲家所作，杂剧多而传奇绝少，或足证此事欤。

第十五章　元南戏之文章

元之南戏，以《荆》《刘》《拜》《杀》并称，得《琵琶》而五、此五本尤以《拜月》《琵琶》为眉目，此明以来之定论也。元南戏之佳处，亦一言以蔽之，曰自然而已矣。申言之，则亦不过一言，曰有意境而已矣。故元代南北二戏，佳处略同；唯北剧悲壮沈雄，南戏清柔曲折，此外殆无区别。此由地方之风气，及曲之体制使然。而元曲之能事，则固未有间也。

元人南戏，推《拜月》《琵琶》。明代如何元朗、臧晋叔、沈德符辈，皆谓《拜月》出《琵琶》之上。然《拜月》佳处，大都蹈袭关汉卿《闺怨佳人拜月亭》杂剧，但变其体制耳。明人罕睹关剧，又尚南曲，故盛称之。今举其例，资读者之比较焉。

关剧第一折：

〔油葫芦〕分明是风雨催人辞故国，行一步一太息。两行愁泪脸边垂。一点雨间一行凄惶泪，一阵风对一声长吁气。百忙里一步一撒，索与他一步一提。这一对绣鞋儿分不得帮和底，稠紧紧粘软软带着淤泥。

南戏《拜月亭》第十三出：

〔剔银灯〕（老旦）迢迢路不知是那里？前途去安身在何处？（旦）一点点雨间著一行行凄惶泪，一阵阵风对著一声声愁和气。（合）云低，天色向晚，子母命存亡，兀自尚未知。

〔摊破地锦花〕（旦）绣鞋儿分不得帮和底，一步步提，百忙里褪了跟儿。（老旦）冒雨冲风，带水拖泥。（合）步迟迟，全没些气和力。

又如《拜月》南戏中第三十二出，实为全书中之杰作；然大抵本于关剧第三折。今先录关剧一段如下：

（旦做入房里科）（小旦云了）夜深也，妹子你歇息去波，我也待睡也。（小旦云了）梅香安排香桌儿去，我去烧柱夜香咱。（梅香云了。）

〔伴读书〕你靠栏槛临台榭，我准备名香爇，心事悠悠凭谁说，只除向金鼎焚龙麝，与你殷勤参拜遥天月，此意也无别。

〔笑和尚〕韵悠悠比及把角品绝，碧荧荧投致那镫儿灭，薄设设衾共枕空舒设，冷清清不恁迭，闲遥遥生

枝节，闷恹恹怎捱他如年夜？（梅香云了）(做烧香科）

〔倘秀才〕天那！这一炷香，则愿削减俺尊君狠切。这一炷香，则愿俺那抛闪下的男儿较些。那一个耶娘不间叠，不似俺忒咋嚓劣缺。

（做拜月科，云）愿天下心厮爱的夫妻，永无分离，教俺两口儿早得团圆！（小旦云了）(做羞科）

〔叨叨令〕元来你深深的花底将身儿遮，搽搽的背后把鞋儿捻，涩涩的轻把我裙儿拽，煴煴的羞得我腮儿热，小鬼头，直到撞破我也末哥，直到撞破我也末哥，我一星星都索从头儿说。(小旦云了）妹子，你不知我兵火中多得他本人气力来，我已此忘不下他（小旦云了）(打悲科）恁姐夫姓蒋名世隆，字彦通，如今二十三岁也。(小旦打悲科）(做猛问科）

〔倘秀才〕来波，我怨感，我合哽咽，不剌，你啼哭、你为甚迭？（小旦云了）你莫不元是俺男儿旧妻妾？阿！是是是！当时只争个字儿别，我错呵了应者。

（小旦云了）你两个是亲弟兄？（小旦云了）(做欢喜科）

〔呆古朵〕似恁的呵，咱从今后越索着疼热，休想似在先时节！你又是我妹妹、姑姑，我又是你嫂嫂、姐姐。(小旦云了）这般者，俺父母多宗派，您兄弟无枝叶。从今后休从俺耶娘家根脚排，只做俺儿夫家亲眷者。(小旦云了。）若说著俺那相别呵，话长。

〔三煞〕他正天行汗病，换脉交阳，那其间被俺耶把我横拖倒拽在招商舍，硬厮强扶上走马车。谁想舞燕啼莺，翠鸾娇凤，撞著猛虎狞狼，蝠蝎顽蛇。又不敢号咷悲哭，又不敢嘱咐丁宁，空则索感叹伤嗟！据著那凄凉惨切，一霎儿似痴呆。

〔二煞〕则就里先肝肠眉黛千千结，烟水云山万万叠。他便似烈焰飘风，劣心卒性；怎禁他后拥前推，乱棒胡茄。阿！谁无个老父，谁无个尊君，谁无个亲耶。从头儿看来，都不似俺那狠爹爹。

〔尾〕他把世间毒害收拾彻，我将天下忧愁结揽绝。(小旦云了)没盘缠，在店舍，有谁人，厮抬贴？那萧疏，那凄切，生分离，厮抛撇。从相别，那时节，音书无，信音绝。我这些时眼跳腮红耳轮热，眠梦交杂不宁贴，您哥哥暑湿风寒纵较些，多被那烦恼忧愁上断送也。(下)

《拜月》南戏第三十二出，全从此出，而情事更明白曲尽，今亦录一段以比较之。

(旦)呀！这丫头去了！天色已晚，只见半弯新月，斜挂柳梢，不免安排香案，对月祷告一番，争些误了。

〔二郎神慢〕拜星月，宝鼎中明香满爇。(小旦潜上听科)(旦)上苍！这一炷香呵！愿我抛闪下的男儿疾效些，得再睹同欢同悦！(小旦)悄悄轻把衣袂拽，却不道小鬼头春心动也。(走科)(旦)妹子到那里去？(小旦)我也到父亲行去说。(旦扯科)(小旦)放手！我这回定要去。(旦跪科)妹子饶过姐姐罢。(小旦)姐姐请起，那娇怯，无言俯首，红晕满腮颊。

〔莺集御林春〕恰才的乱掩胡遮，事到如今漏泄，姊妹心肠休见别，夫妻每是些周折。（旦）教我难推恁阻，罢！妹子我一星星对伊仔细从头说。（小旦）姐姐，他姓什么？（旦）姓蒋。（小旦）呀！他也姓蒋？叫做什么名字？（旦）世隆名。（小旦）呀！他家在那里？（旦）中都路是家。（小旦）呀！姐姐，你怎么认得他？他是什么样人？（旦）是我男儿受儒业。

〔前腔〕（小旦悲科）听说罢姓名家乡，这情苦意切。闷海愁山，将我心上撇，不由人不泪珠流血。（旦）我凄惶是正理，只合此愁休对愁人说。妹子！你啼哭为何因，莫非是我男儿旧妻妾？

〔前腔〕（小旦）他须是瑞莲亲兄。（旦）呀！元来是令兄。为何失散了？（小旦）为军马犯阙。（旦）是！我晓得了，散失忙寻相应者，那时节只争个字儿差迭。妹子，和你比先前又亲，自今越更着疼热，你休随着我跟脚，久已后是我男儿那枝叶。

〔前腔〕（小旦）我须是你妹妹姑姑，你是我嫂嫂又是姐姐。未审家兄和你因甚别，两分离是何时节？（旦）正遇寒冬冷月，恨爹爹将奴拆散在招商舍。（小旦）你如今还思量着他么？（旦）思量起痛心酸，那其间染病耽疾。（小旦）那时怎生割舍得撇了？（旦）是我男儿，教我怎割舍。

〔四犯黄莺儿〕（小旦）他直恁太情切，你十分忒软怯，眼睁睁忍相抛撇。（旦）枉自怨嗟，无可计设，当不过他抢来推去望前拽。（合）意似虺蛇，性似蝎螫，一言如何诉说。

〔前腔〕（小旦）流水一似马和车，顷刻间途路赊，他在穷途逆旅应难舍。（旦）那时节呵，囊箧又竭，药食又缺，他那里闷恹恹捱不过如年夜。（合）宝镜分裂，玉钗断折，何日重圆再接。

〔尾〕自从别后信音绝，这些时魂惊梦怯，莫不是烦恼忧愁将人断送也。

细较南北二戏，则汉卿杂剧固酣畅淋漓；而南戏中二人对唱，亦宛转详尽，情之词偕，非元人不办。然则《拜月》纵不出于施君美，亦必元代高手也。

《拜月亭》南戏，前有所因；至《琵琶》则独铸伟词，其佳处殆兼南北之胜。今录其《吃糠》一节，可窥其一斑。

（商调过曲）〔山坡羊〕（旦）乱荒荒不丰稔的年岁，远迢迢不回来的夫婿，急煎煎不耐烦的二亲，软怯怯不济事的孤身体。衣典尽寸丝不挂体，几番拚死了奴身己，争奈没主公婆教谁看取。思之，虚飘飘命怎期，难捱，实丕丕灾共危。

〔前腔〕滴溜溜难穷尽的珠泪，乱纷纷难宽解的愁绪，骨崖崖难扶持的病身，战兢兢难捱过的时和岁。这糠，我待不吃你呵，教奴怎忍饥？我待吃你呵，教奴怎生吃？思量起来不如奴先死，图得不知亲死时。思之，虚飘飘命怎期，难捱，实丕丕灾共危。奴家早上，安排些饭与公婆吃，岂不欲买些鲑菜，争奈无钱可买。不想公婆抵死埋怨，只道奴家背他自吃了甚么东西，不知奴家吃的是米膜糠秕。又不敢教他知道，便使他埋怨杀我，我也不敢分说。苦，这些糠秕，怎生吃得下！（吃吐科）（双调过曲）〔孝顺歌〕（旦）呕得我肝肠痛，珠泪垂，喉咙尚兀自牢嗄住。糠那！你遭砻，被舂杵，筛你簸扬你，吃尽控持，好似奴家身狼狈，千辛万苦皆经历。苦人吃着苦滋味，两苦相逢，可知道欲吞不去。（外净潜上觑科）

〔前腔〕（旦）糠和米，本是相依倚，被簸扬作两处飞。一贵与一贱，好似奴家与夫婿，终无见期。丈夫便是米呵，米在他方没处寻；奴家便似糠呵，怎的把糠来救得人饥馁？好似儿夫出去，怎的教奴供膳得公婆甘旨。（外净潜下科）

〔前腔〕（旦）思量我生无益，死又值甚底，不如忍饥死了为怨鬼。只一件公婆老年纪，靠奴家相依倚，只得苟活片时。片时苟活虽容易，到底日久也难相聚。漫把糠来相比。这糠尚兀自有人吃，奴家的骨头，知他埋在何处？（外净上）（净云）媳妇，你在这里吃甚么？（旦云）奴家不曾吃甚么。（净搜夺科）（旦云）婆婆你吃不得！（外云）咳！这是甚么东西？

〔前腔〕（旦）这是谷中膜，米上皮。（外云）呀！这便是糠，要他何用？（旦）将来毕饠可疗饥。（净云）咦！这糠只好将去喂猪狗，如何把来自吃。（旦）尝闻

> 古贤书，狗彘食人食，也强如草根树皮。（外净云）恁的苦涩东西，怕不噎坏了你。（旦）啮雪吞毡，苏卿犹健，餐松食柏，到做得神仙侣。这糠呵！纵然吃些何虑。（净云）阿公，你休听他说谎，这糠如何吃得？（旦）爹妈休疑，奴须是你孩儿的糟糠妻室。（外净看，哭科）媳妇，我元来错埋怨了你，兀的不痛杀我也。

此一出实为一篇之警策，竹垞《静志居诗话》，谓闻则诚填词，夜案烧双烛，填至《吃糠》一出，句云“糠和米本一处飞”，双烛花交为一。吴舒凫《长生殿传奇序》，亦谓则诚居栎社沈氏楼，清夜案歌，几上蜡烛二枚，光交为一，因名其楼曰瑞光。此事固属附会，可知自昔皆以此出为神来之作。然记中笔意近此者，亦尚不乏。此种笔墨，明以后人全无能为役，故虽谓北剧南戏，限于元代可也。

第十六章　馀论

一

由此书所研究者观之，知我国戏剧，汉魏以来，与百戏合，至唐而分为歌舞戏及滑稽戏二种；宋时滑稽戏尤盛，又渐藉歌舞以缘饰故事；于是向之歌舞戏，不以歌舞为主，而以故事为主，至元杂剧出而体制遂定。南戏出而变化更多，于是我国始有纯粹之戏曲；然其与百戏及滑稽戏之关系，亦非全绝。此于第八章论古剧之结构时，已略及之。元代亦然。意大利人马哥朴禄（编者按：即马可波罗）《游记》中，记元世祖时曲宴礼节云："宴毕彻案，伎人入，优戏者，奏乐者，倒植者，弄手技者，皆呈艺于大汗之前，观者大悦。"则元时戏剧，亦与百戏合演矣。明代亦然。吕毖《明宫史》（木集）谓："钟鼓司过锦之戏，约有百回，每回十余人不拘。浓淡相间，雅俗并陈，全在结局有趣。如说笑话之类，又如杂剧故事之类，各有引旗一对，锣鼓送上。所装扮者，备极世间骗局俗态，并闺阃拙妇骁男，及市井商匠刁赖词讼杂耍把戏等项。”则与宋之杂扮略同。至杂耍把戏，则又兼及百戏，虽在今日，犹与戏剧未尝全无关系也。

二

由前章观之，则北剧南戏，皆至元而大成，其发达，亦至元代而止。嗣是以后，则明初杂剧，如谷子敬、贾仲名辈，矜重典丽，尚似元代中叶之作。至仁宣间，而周宪王有燉，最以杂剧知名，其所著见于《也是园书目》者，共三十种。即以平生所见者论：其所自刊者九种，刊于《杂剧十段锦》者十种，而一种复出，共得十八种。其词虽谐稳，然元人生气，至是顿尽；且中颇杂以南曲，且每折唱者不限一人，已失元人法度矣。此后唯王渼陂九思、康对山海，皆以北曲擅场。而二人所作《杜甫游春》《中山狼》二剧，均鲜动人之处。徐文长渭之《四声猿》，虽有佳处，然不逮元人远甚。至明季所谓杂剧，如汪伯玉道昆、陈玉阳与郊、梁伯龙辰鱼、梅禹金鼎祚、王辰玉衡、卓珂月人月所作，蒐于《盛明杂剧》中者，既无定折，又多用南曲，其词亦无足观。南戏亦然。此戏明中叶以前，作者寥寥，至隆万后始盛，而尤以吴江沈伯英璟、临川汤义仍显祖为巨擘。沈氏之词，以合律称，而其文则庸俗不足道。汤氏才思，诚一时之隽；然较之元人，显有人工与自然之别。故余谓北剧南戏限于元代，非过为苛论也。

三

杂剧、院本、传奇之名，自古迄今，其义颇不一。宋时所谓杂剧，其初殆专指滑稽戏言之。孔平仲《谈苑》（卷五）：“山谷云：作诗正如作杂剧，初时布置，临了须打诨。”吕本中《童蒙训》亦云：“如作杂剧，打猛诨入，却打猛诨出。”《梦粱录》亦云：“杂剧全用故事，务在滑稽。”故第二章所集之滑稽戏，宋人恒谓之杂剧，此杂剧最初之意也。至《武林旧事》所载之官本杂剧段数，则多以故事为主，与滑稽戏截然不同；而亦谓之杂剧，盖其初本为滑稽戏之名，后扩而为戏剧之总名也。元杂剧又与宋官本杂剧截然不同。至明中叶以后，则以戏曲之短者为杂剧，其折数则自一折以至六七折皆有之，又舍北曲而用南曲，又非元人所谓杂剧矣。

院本之名义亦不一。金之院本，与宋杂剧略同。元人既创新杂剧，而又有院本，则院本殆即金之旧剧也。然至明初，则已有谓元杂剧为院本者，如《草木子》所谓“北院本特盛，南戏遂绝”者，实谓北杂剧也。顾起元《客座赘语》谓：南都万历以前，“大席则用教坊打院本，乃北曲四大套者”。此亦指北杂剧言之也。然明文林《琅琊漫钞》（《苑录汇编》卷一百九十七）所纪太监阿丑打院本事，与《万历野获编》（卷六十二）所纪郭武定家优人打院本事，皆与唐宋以来之滑稽戏同，则犹用金元院本之本义也。但自明以后，大抵谓北戏或南戏为院本。《野获编》谓“逮本朝院本久不传，今尚称院本者，犹沿宋元之旧也。金章宗时，董解元《西厢》尚是院本模范”云云。其以《董西厢》为院本固误；然可知明以后所谓院本，实与戏曲之意无异也。

传奇之名，实始于唐。唐裴铏所作《传奇》六卷，本小说家言，为传奇之第一义也。至宋则以诸宫调为传奇，《武林旧事》所载诸色伎艺人，诸宫调传奇，有高郎妇、黄淑卿、王双莲、袁太道等。《梦粱录》亦云：“说唱诸宫调，昨汴京有孔三传，遍成传奇灵怪入曲说唱。”即《碧鸡漫志》所谓“泽州孔三传，首唱诸宫调古传，士大夫皆能诵之”者也。则宋之传奇，即诸宫调，一谓之古传，与戏曲亦无涉也。元人则以元杂剧为传奇，《录鬼簿》所著录者，均为杂剧，而录中则谓之传奇。又杨铁崖《元宫词》云：“《尸谏灵公》演传奇，一朝传到九重知，奉宣赍与中书省，诸路都教唱此词。”案《尸谏灵公》，乃鲍天祐所撰杂剧，则元人均以杂剧为传奇也。至明人则以戏曲之长者为传奇（如沈璟《南九宫谱》等），以与北杂剧相别。乾隆间，黄文旸编《曲海目》，遂分戏曲为杂剧、传奇二种。余曩作《曲录》从之。盖传奇之名，至明凡四变矣。

戏文之名，出于宋元之间，其意盖指南戏。明人亦多用此语，意亦略同。唯《野获编》始云：“自北有《西厢》，南有《拜月》，杂剧变为戏文。以至《琵琶》遂演为四十余折，几倍杂剧。”则戏曲之长者，不问北剧南戏，皆谓之戏文。意与明以后所谓传奇无异。而戏曲之长者，北少而南多，故亦恒指南戏。要之意义之最少变化者，唯此一语耳。

四

至我国乐曲与外国之关系，亦可略言焉。三代之顷，庙中已列夷蛮之乐。汉张骞之使西域也，得《摩诃兜勒》之曲以归。至晋吕光平西域，得龟兹之乐，而变其声。魏太武平河西得之，谓之西凉乐；魏周之际，遂谓之国伎。龟兹之乐，亦于后魏时入中国。至齐周二代，而胡乐更盛。《隋志》谓："齐后主唯好胡戎乐，耽爱无已，于是繁手淫声，争新哀怨，故曹妙达、安未弱、安马驹之徒，至有封王开府者（曹妙达之祖曹婆罗门，受琵琶曲于龟兹商人，盖亦西域人也）。遂服簪缨而为伶人之事。后主亦能自度曲，亲执乐器，悦玩无厌，使胡儿阉官之辈，齐唱和之。"北周亦然。太祖辅魏之时，得高昌伎，教习以备飨宴之礼。及武帝大和六年，罗掖庭四夷乐，其后帝娉皇后于北狄，得其所获康国、龟兹等乐，更杂以高昌之旧，并于大司乐习焉。故齐周二代，并用胡乐。至隋初而太常雅乐，并用胡声；而龟兹之八十四调，遂由苏祇婆郑译而显。当时九部伎，除清乐、文康为江南旧乐外，馀七部皆胡乐也。有唐仍之。其大曲、法曲，大抵胡乐，而龟兹之八十四调，其中二十八调尤为盛行。宋教坊之十八调，亦唐二十八调之遗物。北曲之十二宫调，与南曲之十三宫调，又宋教坊十八调之遗物也。故南北曲之声，皆来自外国。而曲亦有自外国来者，其出于大曲、法曲等，自唐以前入中国者，且勿论；即以宋以后言之，则徽宗时蕃曲复盛行于世。吴曾《能改斋漫录》（卷一）云：徽宗"政和初，有旨立赏钱五百千，若用鼓板改作北曲子，并著北服之类，并禁止支赏。

其后民间不废鼓板之戏，第改名太平鼓”云云。至“绍兴年间，有张五牛大夫听动鼓板，中有〔太平令〕，因撰为赚（见上）则北曲中之〔太平令〕，与南曲中之〔太平歌〕，皆北曲子。又第四章所载南宋赚词，其结构似北曲，而曲名似南曲者，亦当自蕃曲出。而南北曲之赚，又自赚词出也。至宣和末，京师街巷鄙人，多歌蕃曲，名曰〔异国朝〕〔四国朝〕〔六国朝〕〔蛮牌序〕〔蓬蓬花〕等，其言至俚，一时士大夫皆能歌之。（见上）今南北曲中尚有〔四国朝〕〔六国朝〕〔蛮牌儿〕，此亦蕃曲，而于宣和时已入中原矣。至金人入主中国，而女真乐亦随之而入。《中原音韵》谓：“女真〔风流体〕等乐章，皆以女真人音声歌之。虽字有舛讹，不伤于音律者，不为害也。”则北曲双调中之〔风流体〕等，实女真曲也。此外如北曲黄钟宫之〔者剌古〕，双调之〔阿纳忽〕〔古都白〕〔唐兀歹〕〔阿忽令〕，越调之〔拙鲁速〕，商调之〔浪来里〕，皆非中原之语，亦当为女真或蒙古之曲也。

以上就乐曲之方面论之。至于戏剧，则除《拨头》一戏自西域入中国外，别无所闻。辽金之杂剧院本，与唐宋之杂剧，结构全同。吾辈宁谓辽金之剧皆自宋往，而宋之杂剧，不自辽金来，较可信也。至元剧之结构，诚为创见；然创之者，实为汉人；而亦大用古剧之材料与古曲之形式，不能谓之自外国输入也。

至我国戏曲之译为外国文字也，为时颇早。如《赵氏孤儿》，则法人特赫尔特 Du Halde 实译于一千七百六十二年，至一千八百三十四年，而裘利安 Julian 又重译之。又英人大维斯 Davis 之译《老生儿》在千八百十七年，其译《汉宫秋》

在千八百二十九年。又裘利安所译，尚有《灰阑记》《连环计》《看钱奴》，均在千八百三四十年间。而拔残 Bazin 氏所译尤多，如《金钱记》《鸳鸯被》《赚蒯通》《合汗衫》《来生债》《薛仁贵》《铁拐李》《秋胡戏妻》《倩女离魂》《黄粱梦》《昊天塔》《忍字记》《窦娥冤》《货郎旦》，皆其所译也。此种译书，皆据《元曲选》；而《元曲选》百种中，译成外国文者，已达三十种矣。

附录 一

元戏曲家小传（今取有戏曲传于今者为之传）

一 杂剧家

关汉卿，不知其为名或字也。号己斋叟，大都人。金末，以解元贡于乡，后为太医院尹；则亦未知其在金世欤？元世欤？元初大名王和卿，滑稽佻达，传播四方。中统初，燕市有一蝴蝶，其大异常，王赋〔醉中天〕小令，由是其名益著。汉卿与之善，王尝以讥谑加之；汉卿虽极意还答，终不能胜。王忽坐逝，而鼻垂双涕尺馀，人皆叹骇。汉卿来吊唁，询其由，或曰："此释家所谓坐化也。"复问鼻悬何物，又对曰："此玉箸也。"汉卿曰："我道你不识，不是玉箸，是嗓。"咸发一笑。或戏汉卿云："你被王和卿轻侮半世，死后方还得一筹。"凡六畜劳伤，则鼻中常流脓水，谓之嗓；又爱讦人之过者，亦谓之嗓，故云尔。(《录鬼簿》，参《辍耕录》《鬼董跋》《尧山堂外纪》。)

高文秀，东平人，府学生，早卒。(《录鬼簿》)

郑廷玉，彰德人。（同上）

白朴，字太素，一字仁甫，号兰谷，隩州人。后居真定，故又为真定人焉。祖元遗山为作墓表，所谓善人白公是也。父华，字文举，号寓斋，仕金贵显，为枢密院判官，《金史》有传。仁甫为寓斋仲子，于遗山为通家姓。甫七岁，遭壬辰之难，寓斋以事远适。明年春，京城变，遗山遂挈以北渡。自是不茹荤血，人问其故，曰："俟见吾亲则如初。"尝罹疫，遗山昼夜抱持，凡六日，竟于臂上得汗而愈。盖视亲子侄不啻过之。数年，寓斋北归，以诗谢遗山云："顾我真成丧家狗，赖君曾护落巢儿。"居无何，父子卜筑于滹阳。律赋为专门之学，而太素有能声，为后进之翘楚。遗山每遇之，必问为学次第，尝赠之诗曰："元白通家旧，诸郎独汝贤。"未几，生长见闻，学问博览。然自幼经丧乱，仓皇失母，便有满目山川之叹。逮亡国，恒郁郁不乐，以故放浪形骸，期于适意。中统初，开府史公将以所业荐之于朝，再三逊谢，栖迟衡门，视荣利蔑如也。至元一统后，徙家金陵，从诸遗老放情山水间，日以诗酒优游，用示雅志，诗词篇翰，在在有之。后以子贵，赠嘉议大夫，掌礼仪院大卿。著有《天籁词》二卷。（《金史·白华传》《录鬼簿》《元遗山文集》，王博文、孙大雅《天籁集序》。）

马致远，号东篱，大都人，任江浙行省务官。（《录鬼簿》）

李文蔚，真定人，江州路瑞昌县尹。（同上）

李直夫，女直人，居德兴府，一称蒲察李五。（同上）

吴昌龄，西京人。（同上）

王实甫，大都人。（同上）

武汉臣，济南府人。（同上）

王仲文，大都人。（同上）

李寿卿，太原人，将仕郎除县丞。（同上）

尚仲贤，真定人，江浙行省务官。（同上）

石君宝，平阳人。（同上）

杨显之，大都人，与汉卿莫逆交。凡有珠玉，与公校之。（同上）

纪君祥（一作天祥），大都人，与李寿卿、郑廷玉同时。（同上）

戴善甫，真定人，江浙行省务官。（同上）

李好古，保定人，或云西平人。（同上）

张国宾（一作国宝），大都人，即喜时营教坊句管。（同上）

石子章，大都人，与元遗山、李显卿同时。（《录鬼簿》《遗山集》《寓庵集》）

孟汉卿，亳州人。（《录鬼簿》）

李行道（一作行甫），绛州人。（同上）

王伯成，涿州人，有《天宝遗事》诸宫调行于世。（同上）

孙仲章，大都人，或云姓李。（同上）

岳伯川，济南人，或云镇江人。（同上）

康进之，棣州人，一云姓陈。（同上）

狄君厚，平阳人。（同上）

孔文卿，平阳人。（同上）

张寿卿，东平人，浙江省掾史。（同上）

李时中，大都人。（同上）

杨梓，字□□，海盐人。至元三十年二月，元师征爪哇，公以招谕爪哇等处宣慰司官，随福建行省平章政事伊克穆苏，以五百馀人、船十艘先往招谕之。大军继进，爪哇降，公引其宰相昔剌难答吒耶等五十余人来迎。后为安抚总使，官至嘉议大夫，杭州路总管。致仕卒，赠两浙都转运使，上轻车都尉，追封弘农郡侯，谥康惠。公节侠风流，善音律，与武林阿里海涯之子云石交善。云石翩翩公子，所制乐府散套，骏逸为当行之冠，即歌声高引，可彻云汉。而公独得其传。杂剧中有《豫让吞炭》、《霍光鬼谏》、《敬德不伏老》，皆公自制，以寓祖父之意，特去其著作姓名耳。其后长公国材，少公次中，复与鲜于去矜交好。去矜亦乐府擅场，以故杨氏家僮千指，无不善南北歌调者；由是州人往往得其家法，以能歌名于浙右云。（《元史·爪哇传》、元姚桐寿《乐郊私语》、明董谷《续澉水志》）

宫天挺，字大用，大名开州人。历学官，除钓台书院山长。为权豪所中，事获辨明，亦不见用，卒于常州。（《录鬼簿》）

郑光祖，字德辉，平阳襄陵人，以儒补杭州路吏。为人方直，不妄与人交。病卒，火葬于西湖之灵芝寺。伶伦辈称郑老先生，皆知其为德辉也。（同上）

范康，字子安，杭州人。明性理，善讲解，能词章，通音律。因王伯成有《李太白贬夜郎》，乃编《杜子美游曲江》，一下笔即新奇，盖天资卓异，人不可及也。（同上）

曾瑞，字瑞卿，大兴人。自北来南，喜江浙人才之多，羡钱唐景物之盛，因而家焉。神采卓异，衣冠整肃，优游于市井，洒然如神仙中人。志不屈物，故不愿仕，自号褐夫。江湖之达者，岁时馈送不绝，遂得以徜徉卒岁。善丹青，能隐语、小曲，有《诗酒余音》行于世。（同上）

乔吉（一作吉甫），字梦符，号笙鹤翁，又号惺惺道人，太原人。美容仪，能词章，以威严自饬，人敬畏之。居杭州太乙宫前，有题西湖〔梧叶儿〕百篇，名公为之序。江湖间四十年，欲刊行所作，竟无成事者。至正五年，病卒于家。尝谓："作乐府亦有法，凤头、猪肚、豹尾是也。大概起要美丽，中要浩荡，结要响亮；尤贵在首尾贯串，意思清新，能若是，斯可以言乐府矣"。明李中麓辑其所作小令，为《惺惺道人乐府》一卷，与《小山乐府》并刊焉。（《录鬼簿》，参《辍耕录》）

秦简夫，初擅名都下，后居杭州。（《录鬼簿》）

萧德祥，号复斋，杭州人，以医为业。凡古文俱檃括为南曲，街市盛行。所作杂剧外，又有南曲戏文等。（同上）

朱凯，字士凯，所编《昇平乐府》及《隐语》《包罗天地谜韵》，皆大梁钟嗣成为之序。（同上）

王晔，字日华，杭州人。能词章乐府，所制工巧。又尝作《优戏录》，杨铁崖为之序云："侏儒奇伟之戏，出于古亡国之君。春秋之世，陵铄大诸侯，后代离析文义，至侮圣人之言为大剧，盖在诛绝之法。而太史公为滑戏者作传，取其谈言微中，则感世道者实深矣。钱唐王晔，集历代之优辞有关于世道者，自楚国优孟而下，至金人玳瑁头，凡若干条。太史公之旨，其有概于中者乎！予闻仲尼论谏之义有五，始曰谲谏，终曰讽谏。且曰：吾从者讽乎！盖以讽之效，从容一言之中，而龙逢、比干不获称，良臣者之所不及也。及观优之寓于讽者，如‘漆城’‘瓦衣’‘雨税’之类，皆一言之微，有回天倒日之力，而勿烦乎牵裾伏蒲之勃也。则优戏之伎，虽在诛绝，而优谏之功，岂可少乎？他如安金藏之剞肠，申渐高之饮，敬新磨之免戮疲令，杨花飞之易乱主于治，君子之论，且有谓台官不如伶官。至其锡教及于弥侯解愁，其死也，足以愧北面二君者，则优世君子不能不三喈于此矣。故吾于晔之编为书如此，使览者不徒为轩渠一噱之助，则知晔之感，太史氏之感也欤！至正六年秋七月序。”（《录鬼簿》《东维子文集》）

二　南戏家

施惠（一云姓沈），字君美，杭州人。居吴山城隍庙前，以坐贾为业。巨目美髯，好谈笑，诗酒之暇，唯以填词和曲为事。有《古今砌话》，编成一集，其好事也如此。（《录鬼簿》）

高明，字则诚，温州瑞安人（《玉山草堂雅集》《列朝诗集》皆云永嘉平阳人）。以《春秋》中至正乙酉第，授处州录事，后改调浙江阃幕都事，转江西行台掾，又转福建行省都事。初方国珍叛，省臣以则诚温人，知海滨事，择以自从。后仍以江西福建官佐幕事，与幕府论事不合。国珍就抚，欲留寘幕下，不从，即日解官，旅寓鄞栎社沈氏，以词曲自娱。明太祖闻其名，召之，以老病辞归，卒于宁海。则诚所交，皆当世名士，尝往来无锡顾阿瑛玉山草堂。阿瑛选其诗，入

《草堂雅集》；称其长才硕学，为时名流。其为浙幕都事与归温州也，会稽杨维桢与东山赵汸作序送之。尝有岳鄂王墓诗云：“莫向中州叹黍离，英雄生死系安危。内廷不下班师诏，绝漠全收大将旗。父子一门甘伏节，山河万里竟分支。孤臣尚有埋身地，二帝游魂更可悲！”又尝作《乌宝传》（谓钞也），虽以文为戏，亦有裨于世教。其卒也，孙德旸以诗哭之曰：“乱离遭世变，出处叹才难。坠地文将丧，忧天寝不安！名题前进士，爵署旧郎官，一代儒林传，真堪入史刊。”所著有《柔克斋集》。（《辍耕录》《玉山草堂雅集》《东维子文集》《留青日札》《列朝诗集》《静志居诗话》。）

徐畛，字仲由，淳安人。明洪武初，征秀才，至藩省辞归。尝谓吾诗文未足品藻，唯传奇词曲，不多让古人。有《叶儿乐府》〔满庭芳〕云：“乌纱裹头，清霜篱落，黄叶林邱。渊明彭泽辞官后，不事王侯。爱的是青山旧友，喜的是绿酒新篘，相拖逗，金樽在手，烂醉菊花秋。”比于张小山、马东篱，亦未多逊。有《巢松集》。（《静志居诗话》）

附考：元代曲家，与同时人同姓名者不少。就见闻所及，则有三白贲，三刘时中，三赵天锡，二马致远，二赵良弼，二秦简夫，二张鸣善。《中州集》有白贲，汴人，自上世以来至其孙渊，俱以经术著名，此一白贲也。元遗山《善人白公墓表》次子贲（即仁甫仲父），则隩州人，此又一白贲也。曲家之白无咎，亦名贲，姚际恒《好古堂书画记》：“白贲字无咎，大德间钱唐人”是也。《元史·世祖纪》：“以刘时中为宣慰使，安辑大理。”此一刘时中也。《遂昌杂录》又有刘时中，名致。

曲家之刘时中则号逋斋，洪都人，官学士，《阳春白雪》所谓古洪刘时中者是也。（此与《遂昌杂录》之刘时中时代略同，或系一人。）世祖武臣有赵天锡，冠氏人，《元史》有传。《遂昌杂录》谓今河南行省参事宛邱赵公名颐字子期，其先府君宛邱公讳祐字天锡，为江浙行省照磨，此又一赵天锡也。曲家之赵天锡，则汴梁人，官镇江府判者也。马致远，其一制曲者，为大都人；一为金陵人，即马文璧（琬）之父，见张以宁《翠屏集》。赵良弼，一为世祖大臣，《元史》有传；一为东平人，即见于《录鬼簿》者也。秦简夫，一名略，陵川人，与元遗山同时；一为制曲者，即《录鬼簿》所谓："见在都下擅名，近岁来杭"者也。张鸣善，一名择，平阳人（或云湖南人）为江浙提学，谢病隐居吴江，见王逢《梧溪集》；一为扬州人，宣慰司令史，则制曲者也。元代曲家，名位既微，传记更阙，恐世或疑为一人，故附著焉。

人间词话

（一）词以境界为最上。有境界则自成高格，自有名句。五代北宋之词所以独绝者在此。

（二）有造境，有写境，此理想与写实二派之所由分。然二者颇难分别，因大诗人所造之境必合乎自然，所写之境亦必邻于理想故也。

（三）有有我之境，有无我之境。“泪眼问花花不语，乱红飞过秋千去”，“可堪孤馆闭春寒，杜鹃声里斜阳暮”，有我之境也；“采菊东篱下，悠然见南山”，“寒波澹澹起，白鸟悠悠下”，无我之境也。有我之境，以我观物，故物皆著我之色彩；无我之境，以物观物，故不知何者为我，何者为物。古人为词，写有我之境者为多。然未始不能写无我之境，此在豪杰之士能自树立耳。

（四）无我之境，人惟于静中得之。有我之境，于由动之静时得之。故一优美，一宏壮也。

（五）自然中之物互相关系，互相限制。然其写之于文学及美术中也，必遗其关系、限制之处，故虽写实家亦理想家也。又虽如何虚构之境，其材料必求之于自然，而其构造亦必从自然之法律，故虽理想家亦写实家也。

（六）境非独谓景物也，喜怒哀乐亦人心中之一境界。故能写真景物真感情者，谓之有境界。否则谓之无境界。

（七）“红杏枝头春意闹”，著一“闹”字而境界全出；“云破月来花弄影”，著一“弄”字而境界全出矣。

（八）境界有大小，不以是而分优劣。“细雨鱼儿出，微风燕子斜”，何遽不若“落日照大旗，马鸣风萧萧”？“宝帘闲挂小银钩”，何遽不若“雾失楼台，月迷津渡”也？

（九）严沧浪《诗话》谓：“盛唐诸公（《诗话》‘公’作‘人’）唯在兴趣。羚羊挂角，无迹可求。故其妙处，透澈（‘澈’作‘彻’）玲珑，不可凑拍（‘拍’作‘泊’）。如空中之音，相中之色，水中之影（‘影’作‘日’），镜中之象，言有尽而意无穷。”余谓：北宋以前之词，亦复如是。然沧浪所谓兴趣，阮亭所谓神韵，犹不过道其面目，不若鄙人拈出“境界”二字，为探其本也。

（十）太白纯以气象胜。“西风残照，汉家陵阙”，寥寥八字，遂关千古登临之口。后世唯范文正之《渔家傲》、夏英公之《喜迁莺》，差足继武，然气象已不逮矣。

（十一）张皋文谓飞卿之词“深美闳约”，余谓此四字唯冯正中足以当之。刘融斋谓飞卿“精艳（当作‘妙’）绝人”，差近之耳。

（十二）“画屏金鹧鸪”，飞卿语也，其词品似之。“弦上黄莺语”，端己语也，其词品亦似之。正中词品，若欲于其词句中求之，则“和泪试严妆”，殆近之欤？

（十三）南唐中主词“菡萏香销翠叶残，西风愁起绿波间”，大有众芳芜秽，美人迟暮之感。乃古今独赏其“细雨梦回鸡塞远，小楼吹彻玉生寒”，故知解人正不易得。

（十四）温飞卿之词，句秀也。韦端己之词，骨秀也。李重光之词，神秀也。

（十五）词至李后主而眼界始大，感慨遂深，遂变伶工之词而为士大夫之词。周介存置诸温韦之下，可谓颠倒黑白矣。“自是人生长恨水长东”，“流水落花春去也，天上人间”，《金荃》、《浣花》，能有此气象耶?

（十六）词人者，不失其赤子之心者也。故生于深宫之中，长于妇人之手，是后主为人君所短处，亦即为词人所长处。

（十七）客观之诗人不可不多阅世，阅世愈深则材料愈丰富愈变化，《水浒传》、《红楼梦》之作者是也。主观之诗人不必多阅世，阅世愈浅则性情愈真，李后主是也。

（十八）尼采谓：一切文学，余爱以血书者。后主之词，真所谓以血书者也。宋道君皇帝《燕山亭》词亦略似之。然道君不过自道身世之戚，后主则俨有释迦、基督担荷人类罪恶之意，其大小固不同矣。

（十九）冯正中词虽不失五代风格，而堂庑特大，开北宋一代风气。与中后二主词皆在《花间》范围之外，宜《花间集》中不登其只字也。

（二十）正中词除《鹊踏枝》、《菩萨蛮》十数阕最煊赫外，如《醉花间》之“高树鹊衔巢，斜月明寒草”，余谓韦苏州之“流萤渡高阁”，孟襄阳之“疏雨滴梧桐”不能过也。

（二十一）欧九《浣溪沙》词“绿杨楼外出秋千”，晁补之谓：只一“出”字，便后人所不能道。余谓此本于正中《上行杯》词“柳外秋千出画墙”，但欧语尤工耳。

（二十二）梅圣（原误作“舜”）俞《苏幕遮》词：“落尽梨花春事（当作‘又’）了，满地斜（当作‘残’）阳，翠色和烟老。”刘融斋谓少游一生似专学此种。余谓冯正中《玉楼春》词：“芳菲次第长相续，自是情多无处足，尊前百计得春归，莫为伤春眉黛蹙。”永叔一生似专学此种。

（二十三）人知和靖《点绛唇》、圣（原误作“舜”）俞《苏幕遮》、永叔《少年游》（原脱“游”）三阕为咏春草绝调。不知先有正中“细雨湿流光”五字，皆能摄春草之魂者也。

（二十四）《诗·蒹葭》一篇最得风人深致。晏同叔之“昨夜西风凋碧树，独上高楼，望尽天涯路”，意颇近之。但一洒落，一悲壮耳。

（二十五）“我瞻四方，蹙蹙靡所骋”，诗人之忧生也；“昨夜西风凋碧树，独上高楼，望尽天涯路”似之。“终日驰车走，不见所问津”，诗人之忧世也。“百草千花寒食路，香车系在谁家树”似之。

（二十六）古今之成大事业、大学问者，必经过三种之境界。“昨夜西风凋碧树，独上高楼，望尽天涯路”，此第一境也。“衣带渐宽终不悔，为伊消得人憔悴”，此第二境也。“众里寻他千百度，回头蓦见（当作‘蓦然回首’），那人正（当作‘却’）在，灯火阑珊处”，此第三境也。此等语皆非大词人不能道。然遽以此意解释诸词，恐晏、欧诸公所不许也。

（二十七）永叔“人间（当作‘生’）自是有情痴，此恨不关风与月”，“直须看尽洛城花，始与（当作‘共’）东（当作‘春’）风容易别”，于豪放之中有沉著之致，所以尤高。

（二十八）冯梦华《宋六十家词选·序例》谓：“淮海、小山，古之伤心人也。其淡语皆有味，浅语皆有致。”余谓此唯淮海足以当之。小山矜贵有馀，但可方驾子野、方回，未足抗衡淮海也。

（二十九）少游词境最凄婉。至“可堪孤馆闭春寒，杜鹃声里斜阳暮”，则变而凄厉矣。东坡赏其后二语，犹为皮相。

（三十）“风雨如晦，鸡鸣不已”，“山峻高以蔽日兮，下幽晦以多雨。霰雪纷其无垠兮，云霏霏而承宇”，“树树皆秋色，山山尽（当作‘唯’）落晖”，“可堪孤馆闭春寒，杜鹃声里斜阳暮”，气象皆相似。

（三十一）昭明太子称陶渊明诗“跌宕昭彰，独超众类，抑扬爽朗，莫之与京”。王无功称薛收赋“韵趣高奇，词义晦远。嵯峨萧瑟，真不可言”。词中惜少此二种气象，前者唯东坡，后者唯白石，略得一二耳。

（三十二）词之雅郑，在神不在貌。永叔、少游虽作艳语，终有品格。方之美成，便有淑女与倡伎之别。

（三三）美成深远之致不及欧秦。唯言情体物，穷极工巧，故不失为第一流之作者。但恨创调之才多，创意之才少耳。

（三十四）词忌用替代字。美成《解语花》之“桂华流瓦”，境界极妙，惜以“桂华”二字代“月”耳。梦窗以下，则用代字更多。其所以然者，非意不足，则语不妙也。盖意足则不暇代，语妙则不必代。此少游之“小楼连苑”，“绣毂雕鞍”所以为东坡所讥也。

（三十五）沈伯时《乐府指迷》云：“说桃不可直说破（原

无‘破’字，据《花草粹编》附刊本《乐府指迷》加）桃，须用‘红雨’、‘刘郎’等字；咏（原作‘说’）柳不可直说破柳，须用‘章台’、‘灞岸’等字。”若惟恐人不用代字者。果以是为工，则古今类书具在，又安用词为耶？宜其为《提要》所讥也。

（三十六）美成《青玉案》《苏幕遮》（当作）词：“叶上初阳干宿雨，水面轻圆，一一风荷举。”此真能得荷之神理者。觉白石《念奴娇》、《惜红衣》二词，犹有隔雾看花之恨。

（三十七）东坡《水龙吟》咏杨花，和韵而似原唱。章质夫词，原唱而似和韵。才之不可强也如是！

（三十八）咏物之词，自以东坡《水龙吟》为最工。邦卿《双双燕》次之。白石《暗香》、《疏影》格调虽高，然无一语道着，视古人“江边一树垂垂发”等句何如耶？

（三十九）白石写景之作，如“二十四桥仍在，波心荡、冷月无声”，“数峰清苦，商略黄昏雨”，“高树晚蝉，说西风消息”，虽格韵高绝，然如雾里看花，终隔一层。梅溪、梦窗诸家写景之病，皆在一“隔”字。北宋风流，渡江遂绝，抑真有运会存乎其间耶？

（四十）问“隔”与“不隔”之别，曰：陶、谢之诗不隔，延年则稍隔矣；东坡之诗不隔，山谷则稍隔矣。“池塘生春草”，“空梁落燕泥”等二句，妙处唯在不隔。词亦如是。即以一人一词论，如欧阳公《少年游》咏春草上半阙云：“阑干十二独（‘独’原作‘犹’）凭春，晴碧远连云。千里万里，二月三月（此两句原倒置），行色苦愁人。”语语都在目前，便是不隔。至云“谢家池上，江淹浦畔”（“畔”原作“上”），则隔矣。白石《翠楼吟》:“此地宜有词仙，拥素云黄鹤，与君游戏。玉梯凝望久，叹芳草、萋萋千里”，便是不隔。至“酒祓清愁，花消英气”，则隔矣。然南宋词虽不隔处，比之前人，自有浅深厚薄之别。

（四十一）“生年不满百，常怀千岁忧。昼短苦夜长，何不秉烛游。”“服食求神仙，多为药所误。不如饮美酒，被服纨与素”，写情如此，方为不隔。“采菊东篱下，悠然见南山。山气日夕佳，飞鸟相与还”，“天似穹庐，笼盖四野。天苍苍，野茫茫，风吹草低见牛羊”，写景如此，方为不隔。

（四十二）古今词人格调之高，无如白石。惜不于意境上用力，故觉无言外之味，弦外之响，终不能与于第一流之作者也。

（四十三）南宋词人，白石有格而无情，剑南有气而乏韵。其堪与北宋人颉颃者，唯一幼安耳。近人祖南宋而祧北宋，以南宋之词可学，北宋不可学也。学南宋者，不祖白石，则祖梦窗，以白石、梦窗可学，幼安不可学也。学幼安者率祖其粗犷、滑稽，以其粗犷滑稽处可学，佳处不可学也。幼安之佳处，在有性情，有境界。即以气象论，亦有“横素波、干青云”之概。宁后世龌龊小生所可拟耶?

（四十四）东坡之词旷，稼轩之词豪。无二人之胸襟而学其词，犹东施之效捧心也。

（四十五）读东坡、稼轩词，须观其雅量高致，有伯夷、柳下惠之风。白石虽似蝉蜕尘埃，然终不免局促辕下。

（四十六）苏辛，词中之狂。白石，犹不失为狷。若梦窗、梅溪、玉田、草窗、中（当作‘西’补）麓辈，面目不同，同归于乡愿而已。

（四十七）稼轩中秋饮酒达旦，用《天问》体作《木兰花慢》以送月，曰：“可怜今夜（当作“夕”）月，向何处、去悠悠？是别有人间，那边才见，光景东头。”词人想象，直悟月轮绕地之理，与科学家密合，可谓神悟。

（四十八）周介存谓“梅溪词中喜用‘偷’字，足以定其品格。”刘融斋谓“周旨荡而史意贪。”此二语令人解颐。

（四十九）介存谓梦窗词之佳者，如“水光云影，摇荡绿波，抚玩无极，追寻已远。”余览《梦窗甲乙丙丁稿》中，实无足当此者。有之，其“隔江人在雨声中，晚风菰叶生秋怨”二语乎？

（五十）梦窗之词，吾得取其词中之一语以评之曰：“映梦窗凌（当作‘零’）乱碧。”玉田之词，亦得取其词中之一语以评之曰：“玉老田荒。”

（五十一）“明月照积雪”、“大江流日夜”、“中天悬明月”、“黄（当作‘长’）河落日圆”，此种境界，可谓千古壮观。求之于词，唯纳兰容若塞上之作，如《长相思》之“夜深千帐灯”，《如梦令》之“万帐穹庐人醉，星影摇摇欲坠”差近之。

（五十二）纳兰容若以自然之眼观物，以自然之舌言情。此由初入中原，未染汉人风气，故能真切如此。北宋以来，一人而已。

（五十三）陆放翁跋《花间集》谓：“唐宋（当作‘季’）五代，诗愈卑，而倚声者辄简古可爱。能此不能彼，未可（当作‘易’）以理推也。”《提要》驳之，谓：“犹能举七十斤者，举百斤则蹶，举五十斤则运掉自如。”其言甚辨。然谓词必易于诗，余未敢信。善乎陈卧子之言曰："宋人不知诗而强作诗，故终宋之世无诗。然其欢愉愁苦（当作'怨'）之致，动于中而不能抑者，类发于诗余，故其所造独工。"五代词之所以独胜，亦以此也。

（五十四）四言敝而有《楚辞》，《楚辞》敝而有五言，五言敝而有七言，古诗敝而有律绝，律绝敝而有词。盖文体通行既久，染指遂多，自成习套。豪杰之士，亦难于其中自出新意，故遁而作他体，以自解脱，一切文体所以始盛终衰者，皆由于此。故谓文学后不如前，余未敢信。但就一体论，则此说固无以易也。

（五十五）诗之《三百篇》、《十九首》，词之五代、北宋，皆无题也。非无题也，诗词中之意，不能以题尽之也。自《花庵》、《草堂》每调立题，并古人无题之词亦为之作题。如观一幅佳山水，而即曰此某山某河，可乎？诗有题而诗亡，词有题而词亡。然中材之士，鲜能知此而自振拔者矣。

（五十六）大家之作，其言情也必沁人心脾，其写景也必豁人耳目；其词脱口而出，无娇揉妆束之态。以其所见者真，所知者深也。诗词皆然。持此以衡古今之作者，可无大误矣。

（五十七）人能于诗词中不为美刺投赠之篇，不使隶事之句，不用粉饰之字，则于此道已过半矣。

（五十八）以《长恨歌》之壮采，而所隶之事，只"小玉、双成"四字，才有馀也。梅村歌行，则非隶事不办。白、吴优劣，即于此见。不独作诗为然，填词家亦不可不知也。

（五十九）近体诗体制，以五七言绝句为最尊，律诗次之，排律最下。盖此体于寄兴言情，两无所当，殆有韵之骈体文耳。词中小令如绝句，长调似律诗，若长调之《百字令》、《沁园春》等，则近于排律矣。

（六十）诗人对宇宙人生，须入乎其内，又须出乎其外。入乎其内，故能写之。出乎其外，故能观之。入乎其内，故有生气；出乎其外，故有高致。美成能入而不出，白石以降，于此二事皆未梦见。

（六十一）诗人必有轻视外物之意，故能以奴仆命风月。又必有重视外物之意，故能与花鸟共忧乐。

（六十二）“昔为倡家女，今为荡子妇。荡子行不归，空床难独守”，“何不策高足，先据要路津？无为久贫（当作‘守穷’）贱，轗轲长苦辛”，可谓淫鄙之尤。然无视为淫词鄙词者，以其真也。五代、北宋之大词人亦然，然非无淫词，读之者但觉其亲切动人。非无鄙词，但觉其精力弥满。可知淫词与鄙词之病，非淫与鄙之病，而游词之病也。“岂不尔思？室是远而。”而子曰：“未之思也，夫何远之有？”恶其游也。

（六十三）“枯藤老树昏鸦，小桥流水平沙，古道西风瘦马。夕阳西下，断肠人在天涯。”此元人马东篱《天净沙》小令也。寥寥数语，深得唐人绝句妙境。有元一代词家，皆不能办此也。

（六十四）白仁甫《秋夜梧桐雨》剧，沉雄悲壮，为元曲冠冕。然所作《天籁词》，粗浅之甚，不足为稼轩奴隶。岂创者易工，而因者难巧欤？抑人各有能有不能也？读者观欧、秦之诗远不如词，足透此中消息。